* * * * * *

文學超圖解III：

10頁漫畫讀完必修文學作品

* * * * * *

Translating required literary works
into about 10 pages

多力亞斯工場 著

緋華璃 譯

遠足文化

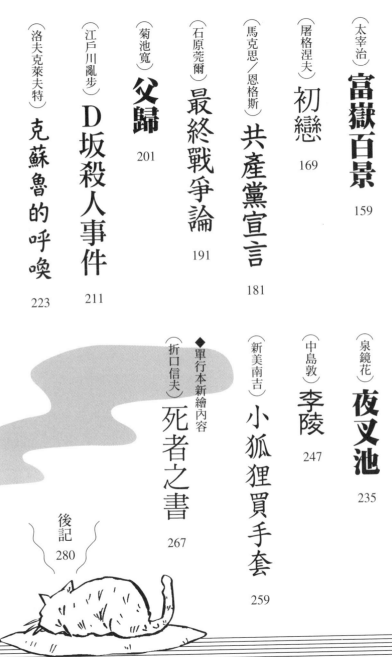

蜘蛛絲

芥川龍之介

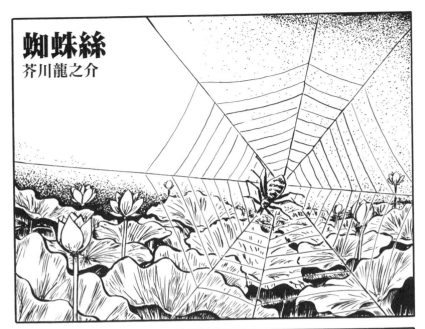

有一天，
釋迦牟尼佛
獨自漫無目的地
在極樂淨土的
蓮池邊散步。

那不是殺人放火、無惡不做的大盜犍陀多嗎？

饒是那個人也曾經救過蜘蛛一命呢。

口木

6

只要順著這個往上爬，就能離開地獄了。

……？

8

台車

芥川龍之介

叩隆
叩隆

良平八歲那一年，小田原熱海間開始鋪設輕便鐵道的工程。

良平每天都去村外參觀鋪設鐵路的工程。

咿

10

已經要天黑了。

你快回家吧，我們今天要在這邊過夜。

太晚回去，你家人也會擔心。

哇哇啊啊啊啊啊

嘎啦

只要工作太累，當時的情景便歷歷在目，陰暗的草叢及細細的斜坡路在眼前不斷伸延而去。

良平在二十六歲那年與妻子一起來到東京。

動不動就會想起當時的自己。

12

——Profile——

芥川龍之介

Ryunosuke Akutagawa

1892 年出生於東京都，1913 年進入東京帝國大學文科大學英文系就讀，於東大在學期間寫下《鼻子》。在夏目漱石的鼓勵下成為職業小說家。尤擅長創作短篇小說，留下許多傑作。1927 年服毒自殺，對社會造成衝擊，享年 35 歲。以非常討厭洗澡聞名。曾與他志同道合的菊池寬在他死後成立「芥川龍之介獎」。代表作有《羅生門》、《鼻子》、《蜘蛛絲》、《杜子春》，與菊池寬共同翻譯了《愛麗絲夢遊仙境》。

勸學

福澤諭吉

有句話說
「上天不在人
之上造人，
亦不在人之下
造人」，

人生來沒有
貴賤、貧富
之分，
——
只是用功學習的人
將會博學多聞，
變得非富即貴；
沒有學問的人則會
變成窮人、人下人。

但現在
卻產生了
雲泥之差。

人不只要追求個人的自由獨立，也要追求國家的自由獨立。

研究學問的關鍵在於知道分際。

所謂分際乃基於天道、順應人情，在不妨礙他人的前提下追求個人的自由。

只要人民都能立志向學、通曉事理、追求文明風氣，政府的法律也會達到寬仁大度的境界。

如今我們所要追求的學問無非就是這麼一回事。

人民若想免於暴政之苦，應馬上立志向學。

這本書的標題為「勸學」，絕不是要大家學會識字就好。

主要是舉出人心應該有所感受的事物，論述學問的旨趣。

必須提高自己的才德，才能與政府站在對等的地位。

我們日本人只要比現在更致力於學問，先追求自身的獨立，便無須畏懼西方人的武力。

國家是由人民集合而成，日本人和英國人同樣生於天地間，沒道理妨礙彼此的權利義務。

愛國之人不論是官差或平民，請先追求自己的獨立，行有餘力，再協助他人獨立。

世上的洋學者十有八九都步入官場，自立事業者寥寥可數。

觀察我國現今情勢，若說有什麼比不上外國的，莫過於學術、商業、法律。

我們現在應展現私塾的實力，指引人民前進的方向。

當真正的日本國民誕生，日本國獨立的狀態才能繼續維持下去。

從古至今，日本國不曾失去獨立的地位，以致國民安於鎖國的風氣，不願與外國建立關係。

近年來我國政府幾已具備文明的雛型，但尚無人民願意挺身而出為鞏固主權獨立而戰。

只有我慶應義塾的同仁在獨立的私塾養成獨立之風氣，為維持全國的獨立而努力。

必須為民表率，與政府合作，提升整個國家的實力，擺脫過去那種薄弱的獨立。

國民服從政府並非服從政府制定的法律，而是服膺自己制定的法律。

懲罰罪人是政府的權限，而非我們的職務。

過去在德川幕府的時代，淺野家的家臣為替主君報仇，殺了吉良上野介，世人稱其為赤穗義士。

但這不是大錯特錯嗎？無法無天的時代才會發生這種事。動用私刑對國家的危害莫此為甚，不可不慎。

為政者一旦跨越這個分際，就成了暴政。

而人民的義務則是要在事情演變至此以前提出糾正、監督政府。

政府接受人民的委託，遵守與人民的約定，以公正不分貴賤的法律懲罰每一個犯法的國民，不容任何循私之處。

早在數千百年前，和漢學者就高呼人有高低貴賤之分，但這其實否定了每個人的自主性。

人民只要別搞錯自己的分際，就能仰不愧於天，俯不祚於人，也不會遭天譴，因為這是人類的權利義務。

話說回來，人生在世，男人是人，女人也是人。

世上不能一天沒有男人，也不能一天沒有女人。

就算自己沒有意識到所作所為是為了造福大眾，後世子孫也會蒙受這份恩澤。

若一生只為追求衣食住無虞，那麼這一輩子不過混吃等死。

追本溯源，所有的進步，都是古人的遺物、前人的功績。

而是要務農、經商、成為學者、成為官員、寫書、辦報，鑽研法律、學習藝術、推動工業、召開議會，振興百業，缺一不可。

縱觀近來的天下大勢，文明徒具虛名、不見其實，即使具備外在的形式，內裡的精神還是很空洞。

我國目前的陸海軍尚不敵西方各國的兵力，絕不可與其交戰。

20

亞洲各國稱政府的工作為牧民之職，中國甚至為地方官取名為州牧。

牧這個字是豢養獸類之意，所以是非常失禮的說法。

政府與人民原本沒有血緣關係，其實是不相干的人。

政府身為一國的掌櫃，具有統治人民的職務；人民身為一國的金主，具有納稅的職務。

演講的英文是「**speech**」，意指聚集眾人，陳述意見，在講台上向其他人表達自己的想法。

只要訴諸語言，就能打動人，有助於了解。

人的見識、品行並不是談論高深的道理就能變得高尚，也不是靠著增廣見聞就能變得高尚。

重點在於分析過事物的本質後，力爭上游，永遠沒有對自己滿足的一天。

人類背德之事何其多，然而再也沒有比怨念更妨礙人際關係的了。

通常是因為受到壓迫才會心生怨念，所以不要阻擋別人想做的事，要好好聽對方說話。

壓迫行為在全國人民之間大行其道，連學者也難以倖免。

應該自由地說話、自由地工作，讓富貴或貧賤，只存乎本人一心，旁人無從置喙。

只知治天下而不知修其身者，就像對鄰居的家計說三道四，卻不知自家遭小偷一樣。

政府制定法律，慎重其事地保護國民的生命財產安全及尊嚴，人民則服從政府的命令，如果能進而對社會做出貢獻，就能確保公私兩全。

所謂照顧有兩層意思，一是「保護」，一是「命令」。

認清自己的本質、立定往後的方向，是做學問的不二法門。

信仰的世界，多有偽詐，懷疑的世界，多有真理。

文明的進步來自於探索天地之間有形的物體、無形的人事背後存在的原理，進而發現真理。

日本總有一天也能許對數千年以來的習慣提出質疑，這也是試圖變革所帶來的進步。

西洋文明絕非完美無缺，不應該盲目相信他們的風俗都是好的，認為我們的習慣都是壞的。

獨立有兩種不同的意義，分別是物質上的獨立與精神上的獨立。

如果讓物質凌駕於精神之上，一味追求物質者，將受物質所支配，成為物質的奴隸。

精神獨立的本質在於保持適當的距離，小心翼翼地拿捏這個距離。

另外，好高騖遠卻缺乏行動力者，則會遭人嫌棄，受到孤立。

我要呼籲後生晚輩，倘若不滿別人的工作表現，請務必跳出來自己嘗試看看。

無怪乎有見識的正人君子皆不願沽名釣譽，甚至有人對浮世的虛名避之唯恐不及。

崇拜無言無情，不知何謂歡笑，也不知何謂哀泣，與木頭無異者，尊其為莫測高深的老師，簡直是滑天下之大稽。

要馬上擺脫如此陋習，進入積極的境界，接觸更多的事物，廣結善緣，取之於社會，用之於社會。

當務之急是要學會善用語言，若要讓別人知道自己心中所想，再也沒有比語言更有力的工具。

其次，是要保持圓融愉快的態度，這是人際關係最重要的一環。

第三，是與人結交時不僅勿忘舊友，也要多多結交知心好友。

天地之大，應盡量拓展人際關係，身為人類，不該排斥同類，這跟三、五隻鮒魚擠在井中消磨歲月是不一樣的。

—— Profile ——

福澤諭吉

Yukichi Fukuzawa

1835 年出生於大阪。拜緒方洪庵門下研究洋學，後於慶應義塾大學的前身「一小家塾」執教鞭。1860 年搭乘咸臨丸赴美，以當時的留洋經驗為基礎出版《西洋事情》。講述近代民主主義國家的人民該要怎麼做的《勸學》成為暢銷書，為日本在明治維新後的民主主義留下巨大的影響力。從小就愛杯中物，長大後也試過要戒酒，卻失敗。1901 年因腦溢血病逝，享年 66 歲。代表作有《西洋事情》、《勸學》、《文明論之概略》、《帝室論》、《福翁自傳》。

猿飛佐助

織田作之助

佐助雖然滿臉麻子，卻比一般人還要自戀。

佐助大人，你要去哪裡？

千曲川有河童棲息的傳說。

楓姑娘，佐助我在信州是無人不知的笨蛋、空前絕後的傻瓜。

啊！佐助大人，等等。

今晚是妳最後一次見我這張醜臉了。

於是，佐助斷絕一切與凡塵的交流，一個人揮了三年的木劍。

是誰在笑？

哈哈哈哈

老夫是從這座高山跳到那座高山的戶澤圖書虎，又稱白雲齋的超級鳥人。

都不是。

你是神是仙還是妖？

28

喔！這個真好吃。

狼吞虎嚥

總之，請進。

鳥人之術是不傳外人的飛行術，也是一種忍術。甲賀五十三家中只有戶澤圖書虎家才會這種飛行術，可說是獨門絕活。能飛得比老鷹還快，一夜之內就從長崎討伐位於江戶之人，是神奇不思議之術。

你應該來學我們鳥人的隱身術才對。

那是什麼妖術？

此後佐助每天學習鳥人之術，持續了三年。

只要變成鳥人、超乎人類的境界，就能自由自在地隱藏醜陋的麻子臉，再也不會受辱，要不我現在就教你吧。

要是有機會，應當找個好人家仕奉。就此別過。

佐助，你已完全掌握到鳥人的精髓，你成為鳥人了。

上田城主真田幸村帶領三好清海入道、三好伊三、穴山、望月、覓等、海野、六名隨從到鳥居峠打獵。

遠處的傢伙都給我聽著，附近的人也靠過來親眼瞧瞧，本大爺是鷲塚佐助，麻子的旗幟已經飄揚在六十餘州了。

太奇怪了！

啪

哈

嘿

大膽狂徒！我是信州上田的鬼小姓，沒有人不認識我這身墨黑的袈裟，三好清海入道參上！

這傢伙空有一身絕技，卻埋沒在山中，太可惜了。

碰

30

某日，他巧遇進城當侍女的楓，立刻施展忍術，從她面前消失。

丑時三刻時已來到京都的東山上空。

於是佐助得幸村賜姓為猿飛，隨幸村一行人進了上田城。

在這詭異的丑時三刻竟還有人聲。

你到底是何方神聖？

吾乃信州、無人不知、無人不曉的麻子猿飛佐助。

吾乃京都內外無人不知、無人不曉的義賊石川五右衛門。

這下子可更有趣了。

咚隆 咚隆 咚隆

——南無阿彌陀佛，請賜我力量，守護聖天，送他早登極樂……

伊賀流的幻術真是笑死人了。既然你使出伊賀流，那我就以甲賀流對抗。

啊！燙、好燙！

哇啊

做太多壞事的下場就是下油鍋，所以你最好趁現在先習慣被蛤蟆油焚燒的熱度！

從此以後，從奈良的寶藏院開始，佐助跑遍各地道場踢館。

猿飛佐助是日本最強的不死鳥。

從近江上空飛到甲賀的山上時，

啊！

啊，師父！

誰要向你這種蠢才自報家門！

是哪個妖魔破了我的飛行術，報上名來！

未來一整年都別想解開這個封印，再會。

忍者就是要忍著不讓人看見，你卻變成輕佻淺薄的傲慢傢伙。

三好入道也因討伐山賊失敗而被關進大牢。

後來佐助變成石川五右衛門的小弟，前往鈴鹿峠討伐山賊，卻反被打入大牢。

喂，猿飛，你不是會用忍術嗎？

要是我會忍術的話，還會在這裡聽你蹩腳的笛聲嗎？

山賊喝醉了，趁他們睡著的時候快逃。

哦，楓姑娘，這是佐助大人的聲音。

佐助大人，佐助大人。

喂，猿飛，你上哪去？等等。

再會。

真的耶，滿月下的鈴鹿山…

楓姑娘，妳看月亮，月色好美啊。

34

幾天後的某一夜，彥根的一間旅館。

這不是猿飛大人嗎？

哦，富田無敵大人，真是巧遇！

富田無敵是佐助早年在今出川的道場大鬧時，請他吃茶泡飯的人。

我正在尋找沒有頭的男人。

沒有頭的男人？

無敵家。

事情發生在四、五天前夜裡，大概是不知他們家是道場，有盜賊闖入無敵家。

盜賊情急之下將要掉不掉的腦袋藏進破破爛爛的兜裡，拔腿就跑。

無敵揮刀斬向來人，但好像沒砍斷，頭沒有掉下來，只是耷拉到胸前。

閣下一定覺得很可笑吧。

哪裡可笑了。把頭拽在懷裡狂奔過大馬路，可是最近少見的風流男子。我陪你一起找。

這段旅程很開心，但始終沒找到關鍵的無頭男子。這時他聽聞石田三成對關東勢力謀反的傳言，暫時停止找人，無敵往佐和山、佐助往中仙道，兵分兩路，以最快的速度趕赴上田。

為何不施展飛行術呢？你的行為較之前收斂檢點多了，可以開始使用飛行術或忍術。

是！感激不盡。

哦，好懷念的聲音啊，戶澤師父！

喂，佐助，你在急什麼？

一舉飛到信州上田通風報信。看是樹葉會飛起來，還是石田會沉下去呢。

喔，全身都浮在空中，這才是甲賀流的飛行術。

這種旗幟迎風飄揚的感覺真不賴。好，看我砍下和麻子數量一樣多的人頭。

是德川勢力的葵紋，還有石田三成豎起了豐臣秀吉的千成葫蘆馬印。這真是決定天下的大戰啊。

喔，上田的天守閣和六文錢的旗印真懷念。

36

——Profile——

織田作之助

Sakunosuke Oda

1913 年出生於大阪府,是外送餐館的長男。1931年進入京都大學教養學院的前身—第三高等學校就讀(後來退學)。受到司湯達的影響,從劇作家轉換跑道成為小說家。1938 年以處女作《雨》備受矚目,隔年與宮田一枝結婚。原本在報社上班,後來因為發表了《夫婦善哉》正式展開作家生活。擅寫短篇,例如《俗氣》、《賽馬》等等。對出生長大的大阪有所執著,作品大部分描寫大阪庶民的生活。被暱稱為「織田作」,1947 年死於結核病,享年 33 歲。代表作有《夫婦善哉》、《青春的悖論》。

拜啟，
慶賀閣下
益發清榮。

此程於本島南岸
拾獲三只瓶口
以樹脂封蠟的
啤酒瓶，
如包裹所附，
為居民發現
其漂流上岸，
依法上報。

三瓶皆原封不動
連同村費送上，
以為參考，
請查收，
並恭候指示。

此致
海洋研究所 公鑒
×× 島村公所 謹上

瓶裝地獄
夢野久作

◇第一瓶的內容

啊……
終於有救難船靠近這座孤島了。

父親大人與母親大人肯定是看到我們最早發出去的瓶中信來救我們的。

但那對我倆來說，卻是比最後審判之日的笛聲更可怕的聲響。

我倆現在正爬上面對那艘大船的高崖上，緊緊相擁著縱身跳下深淵，自行了斷。

這麼一來，人們或許會發現裝著這封信的啤酒瓶，並將它拾起。

啊，父親大人、母親大人，對不起，對不起，，對不起，，，對不起，，，，請你們當作從一開始就沒有我們這兩個不孝的孩子吧。

唯有這樣懲罰自己的肉體與靈魂，才能彌補我們犯下的過錯。
我倆在這座孤島上犯了不可饒恕的罪孽。
這是報應。

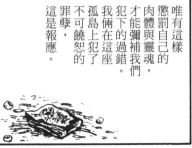

啊，再見了。
是神還是人都無法挽救的可憐二人敬上

給父親大人、母親大人，還有大家。

◇第二瓶的內容

啊，
被蒙蔽了
雙眼的上帝，
是否只有
一死了之，
才能助我擺脫
這個困境？

我與綾子二人
漂流到這座
孤絕的小島
已經過了
幾年呢？

當時我們
身上只有
一枝鉛筆、
小刀、
一本筆記本、
一個放大鏡、
三只裝了水的
啤酒瓶和
一本小巧的
新約聖經……

但我們
很幸福。

綠意盎然
的小島
非常富饒，
食糧多到足以
餵飽當時年僅
十一歲的我
和剛滿七歲
的綾子。

用卡在
沙灘岩石
縫中的
壞掉小船
蓋成小屋，
和綾子一起
睡在裡面。

我們
早晚
都會爬上
那座被我們
稱為神之腳凳
的高崖閱讀聖經，
為父親大人與
母親大人祈福。

我們將寫給父親大人和母親大人的信塞進其中一只珍貴的啤酒瓶裡，用樹脂牢牢地封住瓶口，拋向海中。

我常教綾子寫字及聖經的內容。我們把聖經看得比放大鏡或啤酒瓶都還重要，放在洞穴最高的架子上。我們真的很幸福平安，這座島就跟天堂島一樣。

為了有人來搭救的時候可以找得到我們，我在最高的地方插上一根長長的木棍，吊著綠色的樹葉。

我們幸福地生活在孤島上，但總覺得可怕的惡魔正悄悄地朝這個兩人世界走來。

而且真的是躡手躡腳地逼近著。

隨歲月流逝，綾子的肉體美得像是一個奇蹟，出落得亭亭玉立，毫不遮掩地映入我的眼簾。

我擔心自己的心會沉淪，畏懼得直發抖。

雙方都清楚
彼此的心意，
卻又擔心
上帝的責罰而
不敢說出口。

萬一正開始
做那檔事，
救援的船卻來了，
可怎麼辦才好……
我們對這點
心照不宣。

哥，

要是我們
其中一個
生病死掉了，
另一個該
怎麼辦？

啊，上帝啊，
該如何擺脫
這個困境呢？
我活在世上
對綾子而言就
是最大的罪惡。

被蒙蔽了
雙眼的上帝啊，
請讓大地出現
吉兆吧……

從此以後，我們的肉體與靈魂全都被放逐到真實的幽暗裡，別說是分擔彼此的悲傷，就連同床共枕的心情都沒有了。

這大概是我燒毀聖經的懲罰吧。

沙沙

悉窣悉窣悉窣

悉窣悉窣悉窣

嘎嘎

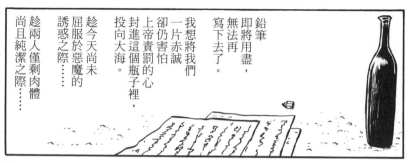

鉛筆即將用盡，無法再寫下去了。

我想將我們一片赤誠卻仍害怕上帝責罰的心，封進這個瓶子裡，投向大海。

趁今天尚未屈服於惡魔的誘惑之際……

趁兩人僅剩肉體尚且純潔之際……

啊，上帝啊……

我二人雖面對這樣的磨難，仍在這座島的花鳥庇護下，無病無痛，健美地長大……

啊，這是多麼可怕的折磨啊。

這座美麗又快樂的島嶼如今活似地獄。

上帝，上帝，您為何不乾脆殺了我們呢？

——太郎筆……

◇第三瓶的內容

父親大人，母親大人，

我們兄妹倆相親相愛地生活在這座島上，請快來救我們。

市川太郎
市川綾子

——Profile——

夢野久作

Kyusaku Yumeno

1889 年出生於福岡縣。在人稱右派教父的父親
——杉山茂丸的影響下，度過高潮迭起的一生。
1911 年進入慶應義塾大學預科就讀（在校期間官
拜陸軍少尉），卻在父親的命令下退學。經營農園
失敗，於 1915 年出家，兩年後還俗，再度投身農
園事業。當過謠曲教師及報社記者，從 1928 年左
右開始正式投身於寫作。1935 年出版《腦髓地獄》
時，父親留下龐大的負債去世了，隔年夢野久作
也因腦溢血病逝，享年 47 歲。代表作有《腦髓地
獄》、《少女地獄》。

我是貓

夏目漱石

我是貓，
尚無名。

我的主人不太理我，
聽說他的職業是老師。
他腸胃很差，

每次暴飲
暴食後都得服用
高峰氏澱粉酶※。

我與人類
共同生活，
愈是觀察他們，
愈覺得人類真是
自私任性的
生物。

還是不給我
取名字，
不過一旦有了
欲望就會沒完沒了，
我打算一輩子
在這個教師家裡
當隻無名的貓。

三毛子是這一帶有名的美貓。

三毛，三毛，吃飯了。

心情不好時，我一定會去拜訪這位異性友人，天南地北地亂聊。

哎呀，老師在叫我，我得回去了。

愛吹牛的美學家迷亭

主人以前的門生寒月

主人家經常有怪人出沒。

寒月的友人
越智東風

哈哈哈

哇哈哈

人類是種會為了打發時間拼命說話、為了不好笑的事而笑、為了不有趣的事開心、除此之外毫無才能的生物。

我決定去看看三毛子。

南無貓譽信女南無阿彌陀佛，南無阿彌陀佛。

呵！

真是太可憐了，一開始只是受了點風寒。

追根究柢，都怪大馬路，教師家的野貓一天到晚勾引牠出去。

沒錯，就是那隻畜牲害死三毛的。

某天下午，附近的企業家金田之妻來訪。

聽說有個名叫水島寒月的男人經常來府上打擾，那個人到底是個什麼樣的人呢？

妳是指寒月愛上令千金了嗎？

嗯，差不多是這麼回事。

請別告訴寒月先生我來過的事。

必須深入敵陣偵察敵人的動靜。

其實我們都嚇了一跳喔！苦沙彌兄。

嗯。

如何？鈴木兄，如我所言，這件事很棘手吧？

沒錯，水島先生一定很想娶令千金，和迷亭這些怪人說了些有的沒的。

我去找苦沙彌談談吧。

真是稀客啊，你何時來東京的？

請進。

對方表示金錢或財產都可以不要，只要寒月能當上博士，在社會上有點身分地位的話，金田家也比較有面子，你意下如何？

你希望那女孩嫁給寒月嗎？

當然，這還用問嗎？

哎呀！真是稀客，就連點心也比平常高級呢。

可是得先當面問清楚寒月想不想娶金田小姐才行。

也不必說成那樣吧。

等於跟小豬結婚一樣，你說是吧？苦沙彌兄。

我不贊成寒月娶那種門不當、戶不對的女人。

鈴木和迷亭回去那晚，主人家遭了小偷，就連這個家的門生和服腰帶及外掛，多多良三平前些天返鄉帶來的土產——裝有山藥的盒子也被偷了。

你送的山藥昨晚被小偷竊走了。

一定要養隻大狗，貓只知道吃飯，派不上用場。

夫人，水島寒月來找過老師嗎？

嗯，他常來。

你怎麼會知道寒月？

因為有人託我打聽水島的事。

居然為了討媳婦而成為博士。我告訴對方與其把女兒嫁給那種人，不如嫁給我。

若想成為庸貓，就必須捉老鼠……我終於下定決心要抓老鼠了。

跳！

吱

喀嗒
喀嗒

有賊！

嘎啦

乒乒
乒乒

喀嗒

你們是
小偷嗎？

不，是球
飛進來了。

圍繞著主人庭院的竹籬外面是三、四尺的空地，空地對面是名為落雲館的私立中學。學生最近發明了一種達姆達姆彈，發動攻擊的人聲稱是在練習打棒球，絕不是為戰鬥做準備。

我偶然間聽到這是金田要學生做的好事。

寒月沒成為博士，在家鄉成了親。

拒絕金田那邊了嗎？

我從未要求對方把女兒嫁給我，不用說也沒關係吧。

嘎呦

你就是寒月先生嗎？既然你沒取得博士學位，那就歸我了。

咯

哇哈哈哈

熱熱

鬧鬧

博士學位嗎？

不，我是指金田家的小姐。

我原本還擔心這樣對寒月先生不好交代。

請別放在心上。

看似滿不在乎的人，若叩問其內心深處，仍會聽到悲涼之聲。

主人遲早會死於胃病，金田老爺早已在欲望中滅頂。萬物皆難逃一死，若活著沒多大用處，或許早登極樂才是明智之舉。

按諸位老師的說法，人類的命運終歸於自殺一途，一不小心就連貓也必須在這麼侷促的人世苟活下去，真是太可怕了。

總覺得心浮氣躁，不如喝點三平兄的啤酒，打起精神來。

反正也不知這條命何時告終，不如趁活著的時候先幹了再說。

咕咕嘟嘟

頭昏眼花

跌

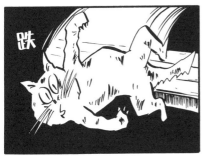

逐漸變得輕鬆，到底是痛苦？或該是慶幸呢？我無法分辨。

也罷，隨便了。我不想再拼命掙扎了。

咕嚕咕嚕

我快死了，死了即能獲得安寧。南無阿彌陀佛，南無阿彌陀佛，感謝老天爺，讚美老天爺。

—— **Profile** ——

夏目漱石

Soseki Natsume

1867 年出生於東京都。帝國大學文科大學（東京大學文學系）畢業後，到東京高等師範學校、松山中學等學校任教。1900 年赴英國留學，1905 年歸國，發表小說處女作《我是貓》，隔年又發表了《少爺》、《草枕》。1907 年進入朝日新聞社工作。結婚後，妻子屢次陷入歇斯底里的狀態，據說這也是夏目漱石罹患精神病的主要原因。1916 年冬天，在《明暗》連載途中因胃潰瘍病逝，享年 49 歲。著有許多代表作，例如《我是貓》、《心》、《少爺》等等。

山椒大夫

森鷗外

您是打何處來？要到哪裡呢？

小女子是岩代人，丈夫去了筑紫就沒再回來，所以正帶著兩個孩子去找他。

姥竹是我的女佣，無靠無依，故與我們同行。

欸？
咦？

那些船都是開往西國的便船，請兩兩分坐一艘船。

無可奈何，只好就此分別了。安壽要珍惜地藏菩薩的護身像，廚子王要珍惜父親給你的護身刀，你們一定要互相扶持。

母親大人
母親大人

別再叫了，那兩個女人會被送去佐渡工作到死吧。

還以為就算離開故鄉、跋山涉水，也仍能與母親為伴，沒想到會被硬生生地拆散，兩人不知該如何是好。

62

你買來的孩子與平常買的不同，不知讓他們做什麼才好。

小船兜兜轉轉來到丹後的由良港，這裡有個叫石浦的地方，蓋了座豪宅，住著人稱山椒大夫的有錢人，是人口販子的大客戶。

大夫的奴僕總管立刻以七貫錢買下安壽和廚子王。

爹，一開始先讓男的砍柴、女的挑水吧。

我來幫你們取名，姊姊就叫含辛茹苦的垣衣，弟弟就叫忘記自己名字的萱草吧。垣衣每天要去海邊挑三擔水，萱草每天要去山上砍三擔柴。

姊姊挑水、弟弟砍柴的日子一天天地過去了。

姊姊在海邊想著弟弟，弟弟在山上想著姊姊，等太陽下山、回到小屋，兩人握著彼此的手，思念著筑紫的父親，思念佐渡的母親，說著說著就哭了，哭完又繼續說。

喂，你們在討論逃跑的事吧？

嘩嘩嘩嘩

哇——

這座宅子的規矩是會用燒紅的鐵塊在企圖逃亡者身上烙印喔。

原來是同時作了同樣的夢。

驚醒

姊，快拿出地藏菩薩像。

64

自從那天晚上作了可怕的夢，安壽就變了個樣。

姊，妳怎麼了？

沒什麼，別擔心。

轉眼來到春江水暖、草木萌芽的季節。

我想和弟弟在同個地方工作，請容許我們一起上山。

向大夫報告後，決定讓垣衣喬裝成少年上山砍柴。

有道理，既然要去砍柴，我也得變成男人才行，請用這把鐮刀割下我的頭髮。

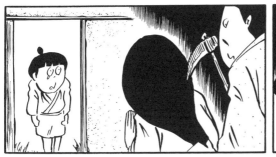

只要翻過那座中山再往前，京都就不遠了。要去筑紫絕非易事，但要回頭去佐渡也很困難，總之你先去京都。

廚子王，你仔細聽我說。

姊，那妳要怎麼辦？

不用擔心我，你先找到父親大人，也把母親大人從島上接回來後，再來救我。

把這尊地藏菩薩像當成是我，和護身刀一起珍而重之地帶在身上。

既然如此，請姊姊保重，我一定能抵達中山，絕不會被人發現。

66

後來山椒大夫的追兵
來找這對姊弟時，
在山坡下的沼澤邊
拾獲一只小孩的草鞋。

那是安壽
的鞋。

地藏菩薩
向我托夢。

告訴我你的來歷，
把護身像借給我。
我乃關白師實。

我是陸奧掾
正氏的
兒子。

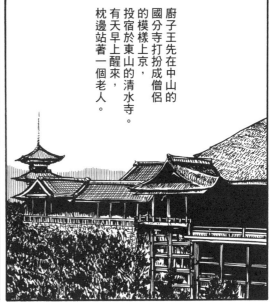

廚子王先生在中山的
國分寺打扮成僧侶
的模樣上京，
投宿於東山的清水寺。
有天早上醒來，
枕邊站著一個老人。

這不是尊貴的放光王地藏菩薩金身嗎？你肯定是被貶至筑紫的平正氏之子。隨我一起回家。

師實命廚子王還俗，派人去流放地打聽正氏的消息，可惜正氏已死。

長大成人的廚子王以正道為名，成為丹後的國守。國守最初的施政就是禁止丹後國的人身買賣，為弔念已死的安壽，在她投水自盡的沼澤旁蓋了一座尼姑庵。

正道微服前往佐渡。

恬記安壽啊。咿呀嘿呀嘿。恬記廚子王啊，咿呀嘿呀嘿。鳥兒若是珍惜生命，快快逃走吧，我不會追逐。

廚子王！

—— **Profile** ——

森鷗外

Ogai Mori

1862 年出生於島根縣，10 歲以史上最年輕的記錄考上東京大學預科。東京大學醫學系畢業後，成為陸軍軍醫。1888 年自德國學成歸國，隨後與其具有男女關係的德國女性追來日本又匆匆回國，據說她是後來《舞姬》的女主角雛型。也翻譯過《即興詩人》、《浮士德》等作品。順利地成為出人頭地的醫生，最後榮升為陸軍省醫務局長（軍醫最高長官）。1922 年因腎萎縮及肺結核病逝，享年 60 歲。代表作有《山椒大夫》、《雁》、《阿部一族》。

墮落論

坂口安吾

才不過半年，世道就變了。

我願為天皇陛下的盾牌，寧可死在陛下腳邊也在所不惜。

年輕人與花朵一同凋謝，他們若活下來，則會變成黑市商人。

不求長命百歲，但求能與有朝一日終將為國捐軀的你共結連理。

以堅強的心情送男子出征的女人在不久的將來，心裡也將容許新的人影進駐。

不是人類變了，而是人類原本就是這種生物，變的只是社會的表相。

以前堅持處決四十七名義士※，不留活口的原因之一，據說是出於一片好心，不願見他們苟且偷生，晚節不保。

希望美麗的東西結束在尚美麗之時是一種人之常情。

我自己也有個姪女，在前幾年以二十一歲之齡自殺，我覺得能在最美的年華死去是件好事。

因為我一生不敢正視她的一生。乍看是個清純的女孩，卻帶著危險氣息。

在戰爭時期，禁止文人描寫寡婦的愛情。

軍人並非不知女人心善變，反而是過於了然於心了。

都說日本的武士自古以來不了解女人的心情，這只是皮相的見解，武士道這個硬邦邦的規定，最大的用意就在於防堵人類的弱點。

日本人本來是最不懂得憎恨、也不會記仇的民族，「昨日的敵人是今天的朋友」這種樂觀天性大概是日本人真實無偽的心情。

如同今日軍人政客禁止文人描寫寡婦談戀愛，古代的武士必須藉由武士道壓抑自己或部下示弱。

※ 指江戶時代 47 名赤穗浪士為主君報仇的「元祿赤穗事件」。

少數的天才創造了管理及支配的方法，受到凡庸的政客馬首是瞻，以一種歷史的風貌展現生者的強大的意志。

我認為天皇制是極具日本特色的政治作品。天皇制並非由天皇制定，天皇根本什麼也沒做。天皇制是基於政治，亦即政客的嗅覺產生。他們對日本人的習性知之甚詳，從中發掘出所謂的天皇制。

挑起這場戰爭的是東條、是軍部嗎？

是他們沒錯，但他們背後肯定少不了貫穿日本的巨大生物，也就是歷史的意志。

平安時代的藤原氏不曾對自己的地位在天皇之下感到懷疑，也不覺得有什麼不好。

藉由膜拜天皇，彰顯自己的威嚴，同時也是感受自身威嚴的手段。

簡而言之，天皇制與武士道無異，天皇制本身並非真理，也不合乎自然，但歷史性的發展及洞察發展至今已含有難以輕易否定的深刻意涵，不能光用流於表面的真理或自然法則加以切割。

希望美麗之物結束在尚美麗之時是人情之常。

以我的姪女為例，或許我應該希望她不要自殺，活下來徘徊在黑暗的曠野。

未完成之美並不美。

當墮落本身成為一種美，或許這時才能稱之為美。

但有必要特地在六十歲的老醜身上尋找二十歲的處女嗎？

我不知道，我還是比較喜歡二十歲的美女。

我無法坦率地同意敗戰後最可憐的是戰死的英靈這種說法。

可是一想到年過六十的將軍們尚且貪生怕死地被帶上法庭，我只能對活著這件事的詭異力量感到茫然。

憐憫戰死的英靈與喜歡二十歲的美女是同樣的意思嗎？

要是有這麼明確的答案，我也能放心地從此一心追求二十歲的美女，堅定信念，但活著這件事沒這麼簡單。

74

我認為，自己可能會沒命，但更確信自己一定能存活。

無法解釋地重生於無法想像的新世界。

我非常討厭見血，曾有汽車在我眼前對撞，我立刻轉身逃走，可是我喜歡偉大的破壞。

儘管我對於用炸彈或燒夷彈交戰這種瘋狂的破壞感到亢奮無比，但那一刻卻也是我最愛人類、最渴望人類的時候。

當時我受雇於日本電影公司，在銀座的日本電影公司屋頂上迎接敵軍來襲。

75　墮落論

對命運逆來順受的人美得不可思議。

美國人說戰後的日本人處於虛脫的恍神狀態，但是歷經轟炸者劫後餘生的行為並非虛脫或恍神，反而驚人地充實，是一種飽滿的虛無，他們都是老實接受命運安排的稚子。

在那種偉大的破壞下，只有命運，沒有墮落。雖然虛無，卻很充實。

相形之下，戰敗的表情，只是純粹的墮落。

然而，相較於墮落是如此驚人的平凡，且平凡得理所當然，至於偉大破壞下的愛情與人們對命運逆來順受的美感也只是夢幻泡影。

76

德川幕府的思想頂多只能阻止四十七名義士墮落。卻無法阻止人類本身不斷從義士淪為凡俗或墜入地獄。

特攻隊的勇士只是幻影，人類的歷史其實是從黑市開始的，不是嗎？

天皇也只是幻影，或許當他變成普通人，天皇真正的歷史始揭開序幕。

日本輸了，武士道也完了，人類這才從名為墮落的真實母胎中誕生出來。

活著吧，墮落吧，除了這種正當的程序以外，還有其他真正能拯救人類的捷徑嗎？

戰爭時的日本是虛偽的桃花源，到處充滿了虛假的美，那不是人類真實的美。

戰敗後，我們得到許許多多的自由，當人類得到各式各樣的自由，才會發現自己原來並不自由，受到莫名其妙的限制。

因為人生在世終有一死，而人類又有思考的能力。

並不是因為打敗仗才墮落，而是人類本就墮落，要活下去只能墮落。

戰爭結束後，特攻隊的勇士已變成黑市商人，寡婦的心中也已有了別人。人類並沒有改變，只是恢復原本的面貌而已。

人活著，人墮落，除此之外沒有拯救人類的捷徑。

人類終究得殺死處女，得發明出武士道，得把天皇拱上神壇。

必須依循正道，一路墮落到底，藉此找到自我、解救自我，透過政治的救贖只是愚不可及的表面工夫。

但是為了殺死自家的處女而非別人家的處女，發明出屬於自己的武士道、自己的天皇，人類必須依循正道，一路墮落到底。

然後日本也要與人民一同墮落。

78

——Profile——

坂口安吾

Ango Sakaguchi

1906 年出生於新潟縣。被稱為「無賴派」的作家之一。東洋大學印度哲學倫理系畢業。在第二次世界大戰後的混亂中，以 1947 年出版的《墮落論》、《白痴》一舉成為時代的寵兒。《墮落論》為因戰敗而喪失自我認同的日本國民揭示全新的價值觀與決心，是劃時代的著作。雖然在寫作上獲得成功，但精神上一直處於不穩定的狀態，有冰毒等藥物中毒的現象。1955 年因腦溢血病逝，享年 48 歲。代表作有《墮落論》、《白痴》。

我與某對兄弟是朋友，聽說其中一位生了重病，便在返鄉時順道探望，當時家裡只剩兄長一人，說他弟弟已然痊癒，成了官僚候補，將前往某地赴任。

兄長笑著出示兩本日記，讀過後發現內容支離破碎，屬「迫害狂」之類的毛病。

因沒寫日期，墨色及字體也前後不一，顯然並非一次寫完。

我想這對醫學研究應有幫助，所以連錯字都一字不改，只置換人名，整理成一篇。

署名是本人病癒後自己寫上去的，就此直接沿用。

記於民國七年四月二日

狂人日記
魯迅

一

今晚的月光很美，我這三十多年來都沒看過這麼好的月光，精神分外爽快。

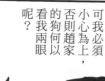

可我必須小心為上，否則趙家的狗何以看我兩眼呢？

我有理由害怕。

二

今晚沒有月亮。

小心出門，趙貴翁的眼神詭異，其餘七、八人交頭接耳地說我閒話又怕我發現。

孩子們的眼神也同趙貴翁一樣，我大聲一喊，他們便回頭也不回地跑了。

他們同我有什麼仇？

大概是聽說我二十年前曾經踐踏過古久先生的陳年帳冊，可那是孩子們出生前的事了。

我明白了，是他們母親教的。

整夜難以成眠。

凡事須得研究，才會明白。

老爺子，我非得咬他幾口才能解氣。

他們就連被官差鞭打也不會露出那樣的表情。

尤其是昨天遇到的那樣的女人特別奇怪。

陳老五抓住我，將我關進家裡的書房，還上了鎖，簡直把我當雞鴨對待。

前幾天狼子村的佃農來與大哥議事。

說村裡來了個大惡人，村民將其打死，把他的心肝炒來吃。

我這才發現他們的眼神與我昨天遇到的人一模一樣。

我翻開史冊，每本都寫著「仁義道德」，當我繼續緊盯著書看，發現字裡行間寫著「吃人」二字。

我也是人，他們想要吃了我。

我的體格。

其實是在掂量

假裝把脈，

肯定是劊子手扮的，

這傢伙

別想太多，安靜休養，很快就會好轉。

請醫生幫你瞧一瞧。

四

早上，我告訴老五想去院子裡走走，老頭子帶回來一個大哥。

因為只要靜養就會長肉呢。

哈哈哈哈哈哈

乾脆趕緊吃掉吧。

竊竊私語

這下子我懂了，是大哥想吃我！我是食人魔的弟弟！

84

五

就算那老頭
真的是醫生，
也是食人魔。
他們的祖師爺
李時珍寫的
「本草什麼」裡
也寫著人肉
可以煎吃。

大哥教我
讀書的時候
講過「易子
而食※」。
前陣子聽到
狼子村佃農
的事也沒驚訝，
只是頻頻點頭。

他嘴邊沾著人油，
心裡想著吃人。

漆黑中，
不知是日是夜，
趙家的狗吠著。

六

凶殘如獅、
怯懦如兔、
狡猾如狐狸……

我領悟到
他們怕遭報應，
不敢殺我，
要我自殺。

七

他們打算吃
我的屍體！

忘了在哪本
書上看過，
有種名叫
「海乙那」的
動物專吃屍體
還會連骨頭
一起咬碎
是狼的親戚，
趙家的狗大概
也是同類。

最可怕的
是大哥找一群
人吃我呢？
為何要找
習慣長久下來
使他喪盡天良
了嗎？

我要詛咒
食人魔。

　※易子而食：城池被困時交換彼此的子女來吃。出自《史記》。

但書上寫著狼子村至今仍在吃人。

又沒有飢荒，才不會吃人。

食人魔的事如何？

八

突然來了一個男人，年紀不過二十左右。

九

想吃人，又怕被別人吃，彼此互相猜疑。

這傢伙肯定同他們一伙，而且大概會告訴孩子們。

你錯了，我不想討論這個話題。

正因有這道門檻，父子兄弟夫婦朋友師生仇敵才得以互相牽制。

野蠻人當初雖會吃人。

可一旦有了心思，就逐漸變成真正的人。

要是繼續吃人，與蟲子無異，甚至比猴子還不如。

十

大清早，大哥站在門外看天。

大哥，我有話告訴你。

86

易牙蒸了自己的兒子給桀紂吃，從易牙的時代到徐錫林※的時代，再到狼子村，或許一直在吃人。

那些人要是吃了我，你也會被吃，結果只是吃來吃去，只要肯改就天下太平了。

滾出去！瘋子有什麼好看的！

這下我明白了，他們的手法是先把人弄成瘋子，好有藉口吃人。

痛改前非吧！否則你們自己也會吃盡，真正的人就此絕跡，變成狼那樣！變成昆蟲那樣！

痛改前非吧，將來可容不得吃人的傢伙……

碰咚！

咚隆——

十一

太陽不出，門也不開，日日只吃兩頓飯。

想起大哥的事，妹妹會死也是因為他。

當時妹妹才五歲，可愛的模樣至今仍歷歷在目。

妹妹八成被大哥吃了。母親肯定也知道，但什麼也沒說，大概也認為是理所當然。

大哥在我四、五歲的時候說過，父母生病的話，子女要割下自己的肉煮給父母吃。

現在想起來，母親那天的哭法不太尋常。

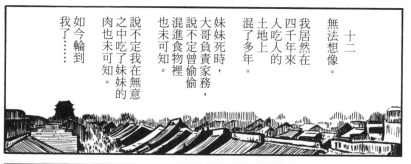

十二

無法想像。我居然在四千年來人吃人的土地上混了多年。

妹妹死時，大哥負責家務，說不定曾偷偷混進食物裡，說不定我在無意之中吃了妹妹的肉也未可知。

如今輪到我了……

我現在才知道在四千年的食人歷史中，難見真正的人！

十三

沒有吃過人的孩子真的存在嗎？

請救救孩子……

88

── Profile ──

魯迅

Lu Xun

1881 年出生於中國（清朝）。赴日留學，1904 年就讀仙台醫學專門學校（現為東北大學醫學系），當時要從醫學專門學校畢業極為困難，魯迅也念到一半就受挫。1906 年前往東京，從事文學創作。回國後，1918 年於《新青年》雜誌發表《狂人日記》，真實地描寫出具有強烈「被害妄想」的人物。曾於中國民國臨時政府任職。對美術作品亦有深厚的造詣。1936 年逝世，享年 55 歲。代表作有《阿Q正傳》、《狂人日記》。

風之又三郎

宮澤賢治

谷川岸邊有一所小小的學校。

耶，我們第一個到。

他在幹麼？

那傢伙是風之又三郎。

立春後第兩百一十天來的。

放假期間，各位又多了一個朋友，就是坐在那邊的高田三郎同學。

大家早。

果然是又三郎啊。

高田同學的父親被公司派來開採一種叫作鉬的礦石，所以從北海道的學校轉來。

92

來了。

昨天的那傢伙還沒來嗎？

那傢伙不管做什麼都會颳風。

我家就在前面不遠處，大家回去時要不要順道來玩？

嗯，等我們先上野原再說。

第二天早上，天氣晴朗，谷川的流水聲潺潺作響。

不可以出堤防喔。

哥，我們來了。

你們要玩的話在那個堤防裡玩。

呼

這是什麼葉子？

第二天從早就下雨，後來雨停了，烏雲逐漸散去，藍天露臉。

喂，又三郎，亂摘菸草的葉子會被公賣局罵到臭頭喔。

我又不是故意的。

嘩啦

哇

喂，又三郎你做什麼？

是風吹的。

世界上要是沒有你這種風就好了。

96

為什麼世界上沒有風比較好？

因為你老是惡作劇，吹壞人家的傘。

還有呢？還有呢？

還有呢？還有呢？你說，還有什麼？

啊哈哈，屋頂不就是房子嗎。

還有，把屋頂給吹走。

還有呢？還有什麼？

還會吹壞房子。

瞧瞧，居然連風車都搬出來了。雖然偶爾也會吹壞，但風車才不會，覺得是風不好。

還會吹壞風車。

耕助，不好意思捉弄了你。

哈哈哈哈哈

哈哈哈哈哈

唔唔唔唔

啊，那傢伙是公賣局的人、公賣局啊。

又三郎，一定是你摘菸草葉的事被發現了，他是來抓你的。

什麼嘛，我才不怕呢。

什麼嘛，不是來抓我的嗎。

要不要玩捉迷藏？

好啊好啊。

轟隆

轟隆

轟隆

六月裡寒霜三郎喝喝鼻涕的三郎

剛才是你們的叫聲吧？

不是，不是。

咚咚咚咚咚咚跑了桃核咚咚咚咚咚咚咚隆隆隆隆隆青梨咚咚咚咚咚咚咚咚也咚

什麼嘛。

又三郎是誰？

又三郎可能會飛走呢。

又三郎是指高田同學嗎？

老師，又三郎今天會來嗎？

好像是因為這裡的鉬礦暫時不能開採了。

高田同學昨天和他爸爸一起離開這裡了。因為是星期日，沒來得及和各位道別。

喀啦喀啦

我就說吧，那傢伙果然是風之又三郎。

—— **Profile** ——

宮澤賢治

Kenji Miyazawa

1896 年出生於岩手縣，留下許多以其故鄉岩手為舞台的作品。出現在作品中的烏托邦「伊哈托夫」（Ihatov）被認為就是岩手。1924 年出版詩集《春與修羅》（事實上為自費出版）與童話集《要求特別多的餐廳》，這時開始與草野心平成為好友。1933 年因急性肺炎病逝，享年 37 歲。生前藉藉無名，1960 年代獲得草野心平等人重新評價，成為國民作家。代表作有《春與修羅》、《要求特別多的餐廳》、《銀河鐵道之夜》、《不畏風雨》。

小婦人

露意莎・梅・奧爾科特

不過我們還有爸媽和姊妹。

沒有聖誕禮物的聖誕節算什麼聖誕節嘛。

可是爸爸去當隨軍牧師了。

十二月的下雪天在房裡聊天的這四個姊妹分別是什麼樣的人呢？

大姊梅格全名瑪格莉特，是個非常可愛的十六歲少女。

剛滿十五歲的喬個子很高，毫不做作地綁起一頭長髮。

大家口中的貝絲其實叫伊莉莎白，是十三歲的內向少女。

艾美年紀最小，行為舉止卻像貴婦人一樣。

聖誕節早上，四人在枕邊發現了母親送的書。

馬其夫人和女兒們一起去窮人家請他們吃熱騰騰的早餐。

謝謝媽媽。

大家要不要把早飯拿去送人？

羅倫斯先生和他孫子羅利住在馬其家隔壁的房子。

四姊妹常去羅倫斯家玩。

要不要來我家玩？

家庭教師布魯克老師把這件事告訴羅倫斯先生。

沒關係，別把這孩子逼得太緊了。

只有貝絲很怕羅倫斯先生。

羅利老是偷懶不練鋼琴，有沒有人願意來彈呢？

貝絲再也不怕羅倫斯先生了。

有一天，艾美帶鹽漬萊姆去學校，因此被打了手心。馬其夫人一氣之下，要艾美退學。

我不贊成學校的教育方針，但是妳違反校規在先，所以不值得同情。

四月的某一天，上流社會的莫法特家邀請梅格去做客。

隨時都要端著那種架子也太累了，金窩銀窩不如自己的狗窩。

真高興聽妳這麼說。

我不指望妳們嫁給有錢人。

只要幸福、為人所愛，就算貧窮也沒關係。

時序進入十月，喬躲在閣樓的房間裡偷偷寫作。這篇小說寄到報社之後被登了出來。

哇，這是妳寫的嗎？

我明早搭火車過去。

十一月,華盛頓的醫院捎來晴天霹靂的電報,馬其先生得了重病。

羅倫斯先生告訴我了,我陪妳去。

當天黃昏

這個給妳帶去。

居然有25美元,妳哪來的?

啊!

無所謂,這樣比較清爽。

天一亮,姊妹們讀了聖經,目送母親出門。

喬去姑婆家,梅格去金家工作。

布魯克老師每天都會寫信向她們報告父親逐漸康復的消息。

然而貝絲去幫傭時被那戶人家的小嬰兒傳染了猩紅熱。

所以才說不要去窮人家嘛。

為了不讓艾美感染，暫時將她安置在姑婆家。

十二月一日颳著暴風雪。

還是叫夫人回來比較好吧。

上帝不會帶走那麼好的孩子

爸爸媽媽都不在，上帝也離我們遠去。

燒退了，讓她好好休息吧。

等那孩子一醒來，就讓她看到這束花和媽媽的臉吧。

貝絲睜開眼，看見母親就在床邊，微微一笑又睡著了。

媽，我有話想跟妳說。

我聽羅利說，布魯克老師喜歡梅格，妳覺得呢？

嗯，他的確說過他很愛梅格，想多賺點錢娶梅格為妻。

居然還跑去照顧爸爸，真是居心不良！

約翰是個好青年喔。

乾脆我和梅格結婚好了，這樣她就不用離開這個家。

人家本來想讓梅格嫁給羅利。

羅利比梅格還小不是嗎？

在聊什麼？

沒什麼，我要去睡了。

羅利為了捉弄梅格，假裝成布魯克寫情書給她。

卻反而因此讓梅格意識到布魯克的存在。

然後又過了好幾個星期。

我來送聖誕禮物給馬其家了。

羅倫斯、羅利和布魯克都來了，一起度過歡樂的時光。

對各位來說，今年有大半都是艱苦的旅程，可是大家都勇敢地走過來了。

爸爸！

梅格的手變粗了，但反而變得更美，是能讓家人幸福的手。

喬剪短了頭髮，變成能幹又善良的姑娘。

貝絲不像以前那麼害羞，希望妳永遠健康。

艾美變得更有毅力，開始會替別人著想，爸爸好高興。

我今天讀到《天路歷程》基督徒和希望在艱苦的旅程中，抵達百合盛開的原野，在出發前開心小憩的段落。

儘管背上的行囊再沉重，朝聖之路也要繼續往前走；儘管世上的幸福再微小，也要接受上帝的祝福。

哎呀，這是怎麼回事？

第二天

我還太年輕了。

我會等妳的。

總比嫁給不愛的有錢人好多了，我就是要嫁給他。

如果妳要和這男人結婚，我一毛錢都不會給妳喔。

我雖然不贊成，但也只能接受了。

我一輩子都會站在妳這邊。

謝謝你，羅利。

就這樣，梅格和喬和貝絲和艾美的故事到此告一段落。

關於能不能再次與大家見面，就看各位讀者對這部《小婦人》第一幕的接受度了。

——Profile——

露意莎・梅・奧爾科特

Louisa May Alcott

1832 年出生於美國。在超越主義的父母栽培下，接受獨特又前衛的教育。為了幫助家計，除了寫作以外還從事過教師、裁縫、幫傭等各式各樣的工作。1868 年出版《小婦人》與以 A・M・柏納德的名義發表的《亡愛天涯》同樣大受好評。大力主張女性參政權與廢除奴隸制度，是康科德（麻薩諸塞省）第一位擁有投票權的女性。不敵南北戰爭時造成的汞中毒後遺症，於 1888 年病逝，享年 55 歲。終身未嫁。作表作為《小婦人》。

是商船還是貨輪呢？

只有新式巡洋艦或魚雷驅逐艦能這麼快。

是海賊船！

嘎嘎

撞上了！撞上了！

咯咯咯咯咯

凡事由上天安排。

春枝夫人，日出雄少爺呢？

夫人的身影消失了。

轟！

是島！叔叔，是島啊！

弦月丸沉沒後，隨波逐流了十幾天，只能喝雨水、釣虎魚來吃。

這是一座什麼樣的島呢？大概是印度洋中的孤島。從草木的種類來看，感覺很像美國沿岸。

猩猩！

是鐵鎚的聲音。

什麼聲音？

咚鎚 咚鎚

咦，你是櫻木海軍大佐？

啊，是日本人！日本人！

一年半以前，櫻木海軍大佐懷抱某個祕密，與三十七名海軍部下搭乘一艘奇怪的帆船離開日本。

各位海軍快出來看，這是大佐閣下的命令。稀奇的貴客和可愛的少年來了。

真意外，這裡是比印度洋更南的無人島，並非平常人會造訪的島。

我已經知道你為何漂流到這座島了，接下來有何打算？

只願把我們的命運交給上天與大佐閣下安排。

隔天早上，櫻木海軍大佐帶著一隊海軍出去了。

不久之後，對面海角的岩石後面傳來鐵鎚的聲響。

你多少也察覺到我為何來這座島，現在又在做什麼吧。

略知一二。

沒錯，櫻木雖然不才，但願傾畢生之力，為我帝國海軍製造前所未有的強力武器。

這就是我秘密打造的海底戰艦。

戰艦的前端裝有「敵艦衝破器」，戰艦內的馬力，每秒馬力高達三百轉，宛如絞車般，所到之處盡成碎片。

更令人驚訝的是裝置於戰艦兩側的「新式併列迴旋魚雷發射器」，一分鐘內可彈如雨下地發射七十八顆魚雷。

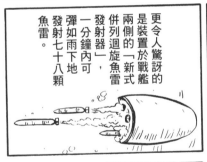

那是什麼？

重要的化學藥劑，是海底戰艦的動力來源。

我們打算將戰艦命名為電光影艇。

是來自鐵舟※老師的「電光影裡斬春風」嗎？

※鐵舟：山岡鐵舟，幕末至明治時代的幕臣、政治家、思想家，也是劍道名人，成立了「春風館」道場。

那麼可以請你幫忙製造鐵籠車嗎？

大佐，如今我也是這座島的一員，看是要搬運鐵材或是燒煤，我什麼都願意做。請儘管使喚我。

之後又過了一年、兩年、三年，海底戰艦已完成百分之九十九，我負責的自動鐵籠車也完工了。

日出雄少爺今年十二歲，是個強壯的少年。

希望海底戰艦完工時，鐵籠車也做好了，好去深山蓋一座雄偉的紀念塔。

交給我吧。

朝日島

大日本帝國新領地

萬歲！萬歲！萬歲！

朝日島

為了建造紀念塔，鐵籠車不分平野或山陵全速前進，猛獸也害怕我們，不敢輕易靠近。

120

無比喜悅之時，發生了緊急狀況。

二月十一日期待已久的紀元節※當天，我們震驚世人的海底戰艦終於要下水了。

眾人歡聲雷動地慶賀紀元節和如此豐碩的成果，到了晚上，還在海岸的臨時軍營舉行大慶祝會。

大海嘯！大海嘯！

電光艇沒事！電光艇沒事！

閃閃發光閃亮

　※紀元節：二月十一日，日本的建國紀念日。

然而，貯藏在祕密製造船所內，裝有發動藥劑的桶子不知被沖到哪裡去了，消失無蹤。

只好出非常手段，去印度的可倫坡市購買藥劑，送到剛好位於大陸與本島間的橄欖島，搭乘熱氣球，一點剛好位於大陸與本島的橄欖島，就先在那裡會合，再回日本。海底戰艦還剩一點發動藥劑，

決定由我和武村軍曹擔此重責大任。

啊，那旗子…那艘船是…

啊！是帝國軍人！是日本海軍！

濱島武文兄、春枝夫人，真高興見到你們，少爺沒事。

啊，這不是在作夢吧。

當時剛好經過的英國貨船救了我們。我還以為你和日出雄已經不在世上了。

啪 啪

「日出號」軍艦在可倫坡港靠岸買齊電光艇的祕密藥品，往橄欖島的方向前進。

愚蠢的海賊！沒看見飄揚在船桅上、我大日本帝國的軍艦旗嗎？

是四年前的海賊船！我還記得。

砰

大佐駕到！！大佐駕到！！櫻木大佐的電光艇駕到！

砰砰！ 砰！砰！

碰碰碰碰碰碰

各位讀者！
在白雲低垂、
天氣惡劣的
印度洋上，
世界級的大惡魔
與舉世聞名的
七艘海賊船全都
被炸得粉碎。
我帝國軍艦
「日出號」與
神出鬼沒的電光艇
正一前一後地
航向本國。

我翹首仰望，
從玄海灘的邊緣
經過馬關海峽，
進入瀨戶內海，
再穿出紀伊海峽，
繞道潮崎，順著
遠江灘、駿河灣、
相模灘的沿岸
乘風破浪。
我用手擋著陽光，
望向遙遠的海上。

有旗子的人
搖著旗子，
有喇叭的人，
吹著喇叭，
什麼都沒有
的人就高舉
雙手，放聲
大喊「帝國
萬歲！」「帝國
萬歲！」「帝國海軍
萬歲！」。

終

——Profile——

押川春浪

Shunro Oshikawa

1876 年出生於愛媛縣，時常以所謂「蠻殼族」的粗野行為引起騷動，歷經明治學院、札幌農學校、早稻田大學……輾轉換了好幾所學校。受到雨果的刺激，立志成為小說家，於學生時代出版《海底軍艦》。與永井荷風等人交情甚篤。除了擔任《日俄戰爭寫真畫報》雜誌的編輯，也為該雜誌撰寫小說及時事評論。1908 年發行《冒險世界》雜誌，擔任主筆，打造出冒險小說的風潮。非常喜歡棒球，也寫過運動報導。1914 年因急性肺炎病逝，享年38 歲。代表作為《海底軍艦》。

水泥桶中的信

葉山嘉樹

松田與三正在鏟水泥。

鏟
鏟

這是什麼？
唰
叮鏟

這麼輕，看來裡頭裝的不是錢。

等等，水泥桶裡不可能出現盒子。

嗆
嘎啦
嘎啦
嘎啦

嘩啦
嘩啦
嘩啦
唰

咕！真受不了，老婆又有了……

王八蛋！這樣怎麼喝酒呢！

一圓九十錢的日薪裡，每天都要吃掉兩升五十錢的米，九十錢要穿、又要住。

真讓人有非分之想，還用釘子釘牢了。

砸

啪嚓

——我是在N水泥公司縫水泥袋的女工。我的愛人則從事把石頭倒進碎石機的工作。

「十月七日早上，他在倒大石頭時，和石頭一起掉進碎石機。」

愛人的身體和石頭一起碾碎，落於輸送帶上。愛人變成紅色碎石，就這樣燒成出色的水泥。

而愛人發出微弱的詛咒之聲，也被震天價響的聲音碾碎。

骨頭、血肉、魂魄全部變成粉末，我的愛人從頭到腳都變成水泥了。

只留下這件破爛的工作服，我將其縫製成用來裝愛人的袋子。

第二天，我寫下這封信，放進桶子裡。

我的愛人變成幾桶水泥？用到什麼地方去了？您是泥水匠嗎？還是建築工人？

您是勞動者嗎？如果您是勞動者，也覺得我很可憐，請回信給我。

我不忍見我的愛人變成劇場的走廊或豪宅的圍牆，可是我又如何阻止得了？如果您是勞動者，請別把這桶水泥用在那些地方。

算了，隨便要用在什麼地方都無所謂。我愛人很堅強，肯定會扮演好自己的角色。

那個人還很年輕，才剛滿二十六歲。我再也無從得知他有多愛我了。

沒關係，我已用水泥袋代替壽衣讓他穿上了！他沒有入殮，而是進了回轉窯。

我把愛人穿的工作服碎片獻給您，就是包著這封信的信封。這塊碎片沾滿了石粉和那個人的汗水，他曾穿著這塊碎片的工作服將我緊緊地擁入懷中。

如果不會給您添麻煩，請務必告訴我這桶水泥開封的日期、接下來的細節、用在什麼地方，以及您的姓名，求求您。

也請您多多保重，再見。

吵
吵
鬧
鬧

跑
來
跑
去

真想喝個爛醉，破壞這一切啊。

喝

那孩子們怎麼辦？不准你喝到爛醉發酒瘋。

跑
來
跑
去

—— **Profile** ——

葉山嘉樹

Yoshiki Hayama

1894 年出生於福岡的士族之家。因沒繳學費被早稻田大學高等預科退學後，上貨船當船員。有鑑於水泥工廠的意外事故，而試圖組成工會，卻以失敗告終，因此遭開除。1923 年因「名古屋共產黨事件」坐牢，出獄後於 1926 年發表《水泥桶中的信》。自 1934 年搬到長野縣居住，從事農業及工廠勞務。1943 年後成為滿州開拓團的一員，赴滿州數次，1945 年日本戰敗，回國途中因腦溢血病逝，享年 51 歲。代表作有《賣淫婦》、《水泥桶中的信》、《活在海上的人》。

春琴抄

谷崎潤一郎

春琴本名鵙屋琴，生於大阪道修町的藥材商家，明治十九年十月十四日去世，葬於市內下寺町的淨土宗某寺廟。

她的墳墓左側有一小座墓碑，上頭刻著「俗名溫井佐助，號琴台鵙屋春琴門人，明治四十年十月十四日歿，行年八十三歲」，即溫井檢校※之墓。

今日的大阪已經改變到不復見檢校在世時的模樣，唯有這兩座墓碑，仍述說著始終不曾褪色的師徒關係。

　※檢校：盲人的最高位階稱呼，特指活躍於演奏、作曲、針灸、按摩領域者。

近日我得到一本名叫《鵙屋春琴傳》的小冊子，這是我了解春琴這位女子的起點。

書中雖以第三人稱敘述檢校的事，但是看得出來作者就是檢校本人。

書中寫道「春琴家代代稱鵙屋安左衛門，住在大阪道修町，經營藥材商。春琴為次女，生於文政十二年五月二十四日。」

又曰「春琴自幼聰穎，天生麗質，高雅不可方物。」

接著說「春琴九歲時不幸罹患眼疾，不久便雙眼失明。從此以後專心練習三絃琴，立志於絲竹之道。」

春琴的師傅春松檢校家住靭，春琴每天都由小學徒牽著去學琴。

這位少年學徒當時名為佐助，也是後來的溫井檢校，自此與春琴結下不解之緣。

佐助比春琴大四歲，十三歲來此工作。他來的時候，春琴的美麗雙眼就已經永遠失去光明了。

佐助最痛恨人家說他對春琴的愛是出自於同情或憐憫。

很熱。

很熱嗎？

好熱。

很熱。

偷偷買了把粗製濫造的練習用三味線，每晚躲在壁櫥裡練習。

靜候春琴練習的時候，春琴彈的琴聲自然縈繞在耳邊，養成佐助對音樂的興趣。

盲人都說自己置身在黑暗中，小姐也是在這種黑暗中彈奏三味線。

他後來之所以真的成了盲人，或許正是受到少年時代這種心態的影響。

兩、三年後，師徒兩人都逐漸脫離玩玩的領域，認真起來了。

春琴傳上寫道「春琴受到佐助的好學感動，決定收佐助為徒，教他三味線，從此十一歲的少女與十五歲的少年不只是主僕，也是師徒關係。」

其他佣人都對小姐的任性要求束手無策，把陪伴小姐的工作推給佐助。

佐助，我是這樣教你的嗎？

笨蛋，為何記不住！

啪

登登

不行，不行，在學會以前不准睡覺。

小姐又開始打罵了。

登登喵喵喵

這難道是假借練琴，享受一種變態的性慾快感嗎？

事到如今，已經難以判斷了。

138

安左衛門夫婦考慮到春琴的將來，在春琴十六歲、佐助二十歲時暗示讓他們結婚，不料春琴二話不說地嚴詞拒絕。

春琴氣沖沖地說自己這輩子都不想嫁人，對佐助也沒有愛意。

然而，一年之後，母親看到春琴的身體出現異狀，心想這下子不得了了。

我們約好不說出彼此的姓名。

是佐助嗎？

怎麼可能是那個學徒。

我不能說，否則小姐會罵我。

父母不再追究下去，總之先讓春琴去有馬的溫泉區療養。

在兩個女傭的陪同下，順利產下男嬰。嬰兒長得與佐助如出一轍，謎底終於揭曉，但春琴始終不承認佐助就是嬰兒的父親。

佐助，你是不是說了什麼啟人疑竇的話？

冤枉啊，小姐。

這時，春琴生下的孩子被別人抱走了，也不知是被誰領養，全由春琴的父母處置。

如此這般，既非主僕，亦非師徒，更非夫婦的曖昧狀態，又持續了兩、三年後，春琴二十歲，春松檢校去世，春琴利用這個機會自立門戶，繼承師傅的招牌，離家在淀屋橋筋蓋了棟房子，佐助也跟著去了。

佐助從春琴小時候就負責照顧她，深知她的脾氣，若換成其他人，肯定受不了她。

春琴非常討厭別人認為她和佐助是夫婦，堅持主僕之禮、師徒之別。

春琴一個人在家裡過著帝王般的生活，卻要求佐助以下的僕人極度節約，大家都被迫過著節衣縮食的苦日子。

春琴深愛雲雀。

為了欣賞雲雀的美聲，要放出籠子，讓雲雀飛向空中，直到雲雀鑽入雲層深處，再也看不見雲雀的身影，啼叫聲才會傳到地上。

基本上，雲雀在空中停留一段時間後，就會再飛回原本的鳥籠裡。

啾啾啾啾
唧唧唧

她對鳥比對我們還好。

140

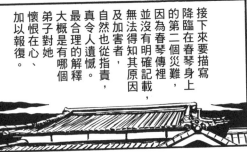

接下來要描寫
降臨在春琴身上
的第二個災難，
因為春琴傳裡
並沒有明確記載，
無法得知其原因
及加害者，
自然也從指責。
真令人遺憾。
最合理的解釋
大概是有哪個
弟子對她
懷恨在心、
加以報復。

就我觀察，
此人的用意不僅
是折磨春琴，更
要讓佐助受到比
春琴更大的痛苦。

佐助在春琴死後
十餘年，曾告訴
親近的人自己
失明的前因後果，
據此總算搞清楚
當時的來龍去脈。

三月的最後
一天晚上，凌晨三點
左右。

啊

滋

師傅，
怎麼了？
師傅。

佐助，我的
臉被毀容了，
別看我。

佐助，你看到這張臉了吧？

沒有沒有，妳不准我看，我豈敢違背師傅的命令。

等我傷勢痊癒，就得拆掉繃帶，這麼一來，就必須讓你看到這張臉了。

師傅，我看不見了，這輩子都看不見妳的臉了。

佐助，痛不痛？

不痛，與師傅的大難相比，這根本不算什麼。

啊，這才是師傅真正置身的世界，我終於能和師傅住在同一個世界裡了。

142

最清楚兩人後來的生活者，如今尚健在的，就只有名叫鴫澤瑛的女子。

她在明治七年，十二歲的時候住進春琴家工作。

春琴當時四十六歲，遭逢大難後又過了九年歲月，已經是個老婦。

佐助於四十一歲刺瞎自己的雙眼，上了年紀才失明不知有多不方便，但他仍努力照顧春琴，不讓她感到一絲不舒坦，令旁人看了不禁為之鼻酸。

春琴賜佐助「琴台」為號，把弟子的練習全部交給他打理，而音曲指南的招牌上，「鴫屋春琴」的名字旁邊還寫著「溫井琴台」的小字。

後來佐助升為檢校，如今也成為所有人都要尊稱他為師傅的琴台老師，但他還是喜歡鴫澤瑛喊他佐助先生，不准她用敬稱。

反而認為這樣的世界才是極樂淨土，感覺就像與師傅在蓮花座上過著二人世界。

任誰都認為眼睛看不見是很不幸的事吧，但我失明以後從未有過這種感覺。

春琴於明治十九年病倒數日前，還和佐助打開雲雀的鳥籠，放雲雀自由翱翔。

但是等了一小時以上，雲雀終究沒飛回來。

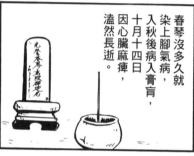

春琴沒多久就染上腳氣病，入秋後病入膏肓，十月十四日因心臟麻痺，溘然長逝。

佐助始終無法從悲痛中振作起來，一有空就在佛前燒香，有時用箏，有時拿三弦彈春鶯囀。

這首曲子是春琴的代表作，傾注了她的所有心血。

因此佐助晚年既無子嗣也無妻妾，在弟子們的看護下，於明治四十年十月十四日，亦即光譽春琴惠照禪定尼的忌日以八十三歲高齡死去。

他在獨活的二十一年歲月中，已經在心裡塑造出與在世的春琴完全不一樣的春琴，如今終於能去見她了。

順帶一提，春琴與佐助之間除前述的兒子外，另有兩男一女，女兒一生下來就死了，兩個男孩皆在襁褓中即過繼給河內的農家。

── Profile ──

谷崎潤一郎

Junichiro Tanizaki

1886 年出生於東京。成績優秀，在府立第一中學
（現為日比谷高中）素有「神童」之稱。儘管考上
東京帝國大學，卻因為沒繳學費而退學。1910 年
第二次《新思潮》創刊後，發表了《刺青》。有
過兩次的離婚經驗，1935 年與森田松子結婚。描
寫與妻子及小姨子們生活的《細雪》被軍部禁止出
版，不過仍於戰後發表了整部作品。以與性愛有關
的過激題材廣為人知，但是他的寫作風格其實非常
多變。死於 1965 年，享年 79 歲。代表作有《痴
人之愛》、《春琴抄》、《細雪》。

鄉下教師

田山花袋

清三即將展開
新的生活，
不管是什麼樣
的生活，
新生活都是
有意義、
有希望的。

大約十天前，
與好友加藤郁治
聊到許多關於
文學、將來、
愛情的話題。

我生來就
沒有這種
資格呢。

別說洩氣
話了。

我和你們
不一樣，不是
談戀愛的料
。

啊，我能當好一個鄉下教師嗎？

郁治的父親是郡督學，這次能到羽生的彌勒小學任教，月領十一圓，都要感謝郁治父親盡力幹旋的結果。

這位是新來的林老師。

大家要乖乖聽話、好好學習。

所以呢，你打算怎麼解決住的問題？

有沒有哪裡可以借住呢？

荻生也寫作嗎？

不，我不懂文學……

星期六，朋友荻生秀之助說他認識文壇上名聞遐邇的成願寺詩人山形古城，於是兩人結伴前往。

能幫我問問那裡可否收留我嗎？

這真是個好主意呢。

148

月薪一半交給母親，
母親則將那筆錢
供奉在神龕上。

鎮上的巷子裡
有座小廟，
清三的弟弟
就葬在後面
的墓地裡。
弟弟前年
春天死了，
才十五
歲。

醫師在診斷書上
寫的是肺結核，
但父母都說家裡
沒有這種病史
不相信那位醫師
開的診斷書。

郁治
曾經
對清三
說過內心
的祕密，
他的心上人
是同學北川的
妹妹美穗子。

當時為何
不乾脆告訴他
自己也墜入
情網呢？

又還沒確定……
不見得完全沒有
希望……

六月一日，
清三搬到成願寺
因為荻生幫他向住持
說了很多好話，
一切水到渠成。

梅雨連綿
黃昏時分的
鄉下小路，
學校的窗戶
不斷傳出各式
各樣的琴聲
但是沒有半個
行人靠過來聽。

清三經常
一個人
彈奏風琴。

最近……
寒假以來
的事嗎？

也知道最近
的事嗎？

多少
知道一點。

林老師……
您知道家兄和
美穗子小姐的
事嗎？

一年逐漸
接近尾聲。

郁治一喝醉
就會開始得意
忘形地拚命放閃，
那態度既可恨，
又可氣，
也有點可憐。

清三鉅細靡遺地
聽到很多郁治和
美穗子的
「新發展」。

要是生意
能再好些
就好了，
奈何不景氣，
做什麼都
不順利。

不過可以
像這樣
一家三口
吃年夜飯
已經謝天
謝地了。

對你真的很
過意不去，
每個月還是
得請你多少
幫忙點家計……

150

訓導老師每次黃湯下肚，就會以戲謔的口吻提到花街的事。

學校老師也是人，太用功的話會得肺病喔，稍微玩樂一下比較好。

口袋裡有半個月的薪水，機會難得！

這個世界的一切看在清三眼中，既新鮮又稀奇。

沒人知道清三流連花街。秋去冬來，這一年也接近尾聲，可是欠糕餅店、酒店的錢愈來愈多。

三月某個寒冷的日子。

這個月十五號有人幫花魁贖身了，真是可喜可賀啊。

我一定要向那可恨的傢伙報仇。報仇！報仇！

但內心其實並沒有那麼激憤。

那一年九月，清三總算明白自己對鄉下小學風琴的種種研究完全派不上用場。

回家吧。

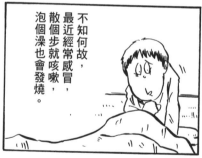

不知何故，最近經常感冒，散個步就咳嗽，泡個澡也會發燒。

寒冷的西風吹過寂寥的鄉下，這是來到這裡迎接的第三個年底。

陸軍還有勝算，但海軍的噸數是俄羅斯占了上風。

和郁治聊到日俄談判陷入僵局的話題。

或許要開始打仗了。

老師。

田原同學！
怎麼啦？

老師，聽說你
生病了。

沒事啦，
不打緊的。

只是腸胃
的老毛病，
因為我吃
太多甜食了。

各位同學，
千萬別忘了
你們是在日本
歷史中最關鍵、
最重要的時刻
畢業。

日俄開戰。
八日在旅順、
九日在仁川的
一連串奇襲
震驚了眾人
的耳朵。

田原秀子是
去年的畢業生，
成績很好、風評甚佳，
也熱愛音樂，
經常在風琴的伴奏下
吟唱清三教的新詩。

這時已沒有
理由非住在
行田不可，
決定和家人
搬到羽生。

寫給田原秀子
的信裡一定會
夾帶各式各樣
的罕見花卉，
秀子每週
也至少會
回一次信。

153　鄉下教師

敵人似乎也打算死守旅順，看樣子光靠海軍可能擺不平。

反正人終有一死。

萬歲
萬歲

比起學校的休息室要來得舒適多了。

獨留異鄉的弟弟會很寂寞吧。

利用一星期的農閒時間，總算搬完家了。

嗯，我會告訴她。

幫我轉告美穗子小姐，我衷心祝你們幸福。

郁治被清三削瘦憔悴的模樣嚇了一跳。

郁治說他們不會在畢業前結婚，但雙方父母已經口頭上說定了。

清三已經無法下床了，情況一天比一天糟。

果然是肺炎吧。

是肺炎⋯⋯而且兩邊的肺都壞了！

一旦體會到屍橫遍野的痛苦，名譽什麼的都不重要了。但他們還是比我幸福——比毫無希望地躺在病床上的我幸福⋯⋯

母親！攻下遼陽了！

⋯⋯林老師！⋯⋯林老師！

已經回天乏術了嗎！

作夢也沒想到會在這裡憑弔林老師。

由於白天的喪葬費用較高，因此決定在隔天晚上十一點悄悄地下葬於成願寺。

和尚剛好不在，只好由清三借住於大殿時經常教他數學的小沙彌代為誦經。

過了一年左右，在那裡豎立了天然石的墓碑。

那姑娘是林老師在彌勒教過的學生。

每年一到秋末，都會吹起強勁的落山風，吹得成願寺後面的森林如浪濤般作響。從那片森林旁邊的東武鐵道上從早到晚都有火車呼嘯而過。

156

——Profile——

田山花袋

Katai Tayama

1872 年出生於群馬縣（當時為栃木縣）。1907 年發表《棉被》，描寫有婦之夫的中年小說家與拜他為師的女孩間複雜的感情。把臉埋在女孩的棉被與睡衣上哭泣的描寫，對當時的文壇帶來劇烈的衝擊。從此以後，花袋便與島崎藤村並列為「自然主義派」。除了是大名鼎鼎的小說家，也撰寫許多文字優美的旅行散文，例如《日本一周》及《山水小話》。1930 年死去，享年 58 歲。代表作有《棉被》、《生》、《妻》、《鄉下教師》。

富嶽百景

太宰治

從東京的寓所窗戶看到的富士山好不難受。冬天可以清楚看見小巧的雪白三角形從地平線探出頭來，那就是富士山。

三年前的冬天，我從某人口中得知意外的事實，悵然若失，泣不成聲。我再也不想重溫那樣的回憶了。

昭和十三年初秋，我下定決心要整理思緒，提著一個行囊出門旅行。

從此以後，就算不情願，也得每天面對富士山。

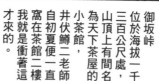

御坂峠位於海拔一千三百公尺處，山頂上有間名為天下茶屋的小茶館，井伏鱒二老師自初夏便一直窩在茶館二樓寫作，我就是衝著這點才來的。

從這裡看到的富士山從以前就被稱為富士三景之一，我卻不太喜歡，不只不喜歡，根本是輕蔑。

我抵達山上的茶館兩、三天後，井伏老師的工作也告一段落，某個晴朗的午後，我們去爬三峠山。

富士山就在這邊，差不多這麼大，可以瞧得很清楚。

這霧真討厭，我想再過一會兒就會散去了。

160

哇，是富士山。

我要在甲府與某個姑娘相親，井伏老師帶我去那姑娘位於甲府市郊的家拜訪。

我沒看到姑娘的臉。

多虧那座富士山，不管有多少困難，我都想和這個人結婚。

咦？有個做僧侶打扮的人。

接著九月、十月，直到十一月的十五日，我的創作在御坂的茶館二樓一點一滴有了進展。

修行果然還不到家。

汪汪汪

看來正往西前往富士山，或許是我得道高僧也未必呢。

別說傻話了，是乞丐啦。

哪位得道高僧

有個叫新田的二十五歲老實青年知道我到這裡來，便來山上的茶館看我。

新田後來又帶了許多青年來訪。

邊走邊說些廢話，走到一間靜悄悄地蓋在荒郊野外的老舊客棧。

在那裡小酌。當晚的富士山美不勝收。

我有種被狐狸迷住的感覺。

我是被富士山迷住了。

如今回想當晚的事，感覺異常倦怠。

富士、月夜、維新志士，就連掉錢包都充滿了浪漫情懷。

沒錢的話，就直接走回御坂好了。

客倌，
快起來看！

富士山果然
還是要下雪
才還行。

很美吧？

好美啊。

一提到我的
世界觀與
所謂的藝術、
所謂未來的文學、
所謂新潮的事物、
我就煩惱不已，
煩惱到
頭痛欲裂，
一點也
不誇張。

過了十月
中旬，
我的工作
遲遲沒有
進展，
備感寂寞。

我只能
眼巴巴地
看著她們，
置死生於度外
二樓這個男人
的共鳴並不能
增加這些遊女
的幸福。

十月底，
大概是一
年一度的自由日，
山腳下有一群
吉田的遊女
分乘五輛汽車
來到御坂峠。

這時我的婚事也遭逢難關，家裡擺明了不會給我任何援助。

府上是不是反對這門親事？

不是，並非反對，而是要我自己操辦。

那有什麼問題想問嗎？

有的。

如何？要再交往一陣子嗎？

不用了，已經夠了。

別瞧不起人，妳從甲府不是也看得到富士山嗎？

富士山下雪了嗎？

山頂已經下了……

我覺得這姑娘很有趣。

因為你住在御坂峠，總覺得一定要問關於富士山的事。

164

客倌，您去了趙甲府之後，狀況好像變差了。

對呀，是變差了。

我每天早上都很期待依照編號整理客倌寫完亂丟的原稿，要是你能再多寫一點，我會很高興的。

哈啊—

有一天，一位新娘在兩位身穿家徽和服的老爺子的護送下，在山上的茶館稍事休息。

哎呀！

習慣成自然吧。如果是第一次嫁人，才不敢表現出那麼粗魯的行為。

張那麼大嘴打呵欠，真不成體統。客倌，你可不能娶那樣的小姐。

承蒙某位前輩的大力相助，我的婚事也逐漸出現轉機。我像個少年，對人世間的溫情感激涕零。

進入十一月後，御坂的寒氣開始令人難以忍受。

不好意思，請幫我們拍照。

再見了，富士山，承蒙你的關照。

隔天我就下山了。先在甲府的廉價旅館住一晚，第二天早上倚著廉價旅館髒兮兮的欄杆仰望富士山。甲府的富士山從群山後面探出三分之一的容貌，好似酸漿果。

喀嚓

還妳，拍好了。

謝謝。

—— Profile ——

太宰治

Osamu Dazai

1909 年生於青森縣，誕生在津輕的大地主之家。17 歲左右開始寫小說。1930 年進入東京帝國大學法文系就讀（後來因沒繳學費被退學）。1939 年在井伏鱒二的介紹下與石原美知子結婚，生了三個小孩。1947 年因《斜陽》大賣，一舉成為人氣作家。同一時期與歌人太田靜子生下一女（作家太田治子）。38 歲時於東京三鷹的玉川上水與情婦山崎富榮投水自盡。代表作有《人間失格》、《跑吧！美樂斯》、《津輕》、《御伽草紙》。

初戀
伊萬·屠格涅夫

弗拉基米爾·彼得羅維奇，接著輪到你講你的初戀故事了。

可以是可以，但我不太會說話，不如我寫在本子上念給大家聽。

兩週後，弗拉基米爾·彼得羅維奇信守承諾，在本子上寫了以下的故事。

一八三三年，我十六歲，一輩子也忘不了在那棟別墅度過的夏天。

我好想認識她，想到的辦法是替母親去公爵夫人家跑腿。

怎麼了？

聽說你才十六歲，我二十一歲了，所以你要聽我的，首先請叫我季娜依達小姐。

可以請你幫我拆毛線嗎？

170

她就是公爵千金
嗎?

已故的札謝金娜公爵是父親的舊友,在巴黎輸光了所有的財產,聽說公爵夫人也經常引發金錢糾紛,母親不太喜歡她。

某天晚餐後,季娜依達請我去她家,屋子裡都是仰慕她的男人。

男人圍繞著季娜依達吵吵鬧鬧時,她始終陪在我身邊。

轟隆
轟隆

啊,初戀的喜悅……

171　初戀

季娜依達立刻看穿我愛上她了，還拿這點來取笑我，被她玩弄於股掌之間。

我的「熱情」從那天開始，而煩惱也從那一天開始。

去她家的男人全都迷戀著她，而她也樂於接受他們的奉承。

我不喜歡自己會瞧不起的人，我只會愛上能令我順服的令我順服的人。

你喜歡我嗎？

……

你們有著相同的眼睛呢。

她愛上誰了？

172

在那之後，我很在意她的意中人，才是她的意中人，對她的仰慕者皆投以懷疑的目光。

你在那麼高的地方做什麼？

不要再去那種不要臉的女人家了。

如果你愛我，就從那裡跳下來。

完全當我是小孩。

好可愛的孩子，為何對我如此千依百順呢？

某天早上，
我起了一個
大早，
在山林裡
走來走去，
一路上
幻想著從
敵人手中
把她救
出來。

後來我有
五、六天
都沒見到
季娜依達，
她好像
躲著我。

不，
請愛我。

妳不希望
我愛妳嗎？

我也知道
自己對你
很冷淡。

我心裡的
愛火被她
點燃了。

可是我
比你年長，
所以我讓你
當我的隨從。

174

如果是隨從，
就得不分
日夜守在
女王身邊。

晚上也要？

我把英國製
的小刀藏在
口袋裡，
埋伏在
庭院外。

要不要
躲在庭院
的噴水池
後面監視？

嚓嚓
嚓嚓

這是夢？
還是巧合……

我知道妳為何當我是玩具了。

你到底怎麼了？

後來父母大吵一架，我們決定離開別墅搬回莫斯科。

對不起，可是你究竟知道什麼？

再見，再見……

小姐，我是來向妳道別的，此生大概不會再相見了。

請不要生我的氣。

不會的，季娜依達·亞歷山德羅芙娜，不管妳做了什麼，我這輩子都會愛著妳。

176

搬回莫斯科後的某一天。

啊！

啪

這就是戀愛，這就是熱情……

後來我考上大學，半年後搬到彼得堡，沒多久父親就因腦溢血去世。

母親寄了一大筆錢到莫斯科。

又過了四年左右。

我大學畢業沒事做，成天遊手好閒。

某天晚上在劇場偶然遇見她的一個崇拜者。

聽說朵麗斯卡亞夫人來到這座城市了。

朵麗斯卡亞夫人？

札謝金娜公爵的千金啊，大家的夢中情人。

她見到你一定會很開心吧。

對方告訴我季娜依達的地址，但我有事在身，兩週後再去找她的時候，得知她在四天前死於難產。

雖然只是須臾之間，但是當我看到初戀幻影的那段時光，內心充滿了希望。

唉，青春啊，你的魅力就在於讓我們以為自己無所不能，而不是幫我們達成一切。

── **Profile** ──

伊萬・屠格涅夫

Ivan Sergeevich Turgenev

1818 年於俄國出生，是地主貴族的次子。15 歲進入莫斯科大學教育系就讀。1843 年進內政部工作，隔年辭職。同年對已婚的歌劇歌手一見鍾情，直到晚年都過著往來於西歐與俄國之間的生活。1852 年發表《獵人筆記》，因批判農奴制度被捕入獄。有很多關注政治及社會問題的作品，例如《貴族之家》、《前夜》皆備受爭議。死於 1883 年，享年 64 歲。代表作有《獵人筆記》、《初戀》、《父與子》。日文版由二葉亭四迷翻譯，成為許多作家的典範。

共產黨宣言

Das Kommunistische Manifest

卡爾‧馬克思
斐特烈‧恩格斯

名為共產主義的
幽靈在歐洲徘徊。
為了驅逐這個幽靈，
古歐洲的勢力組成了
神聖的同盟，包括
羅馬教宗與俄國沙皇、
梅特涅和基佐※、
法國激進黨人和德國密探。

基於這個目的，
各國的共產主義者
在倫敦集合，
擬定以下宣言。

並以英文、
法文、德文、
義大利文、
法蘭德斯文
及丹麥文
公諸於世。

當權者已經認為
共產主義是一股
勢力了。

共產主義者
向全世界公開
發表其見解、
目的的時刻來了。

第一章 資產階級與無產階級

截至目前，整個社會的歷史就是階級鬥爭的歷史。

自古以來，階級鬥爭不是為整個社會帶來變革，就是兩敗俱傷。

貴族與平民、地主與農奴、同業工會的師傅與工人。

階級對立在我們的時代變得單純，逐漸分裂成兩大階級，亦即資產階級與無產階級。

繞行好望角發現了美國，促進近代產業，使建立世界經濟規模的資產階級崛起。

不管是醫生、律師、牧師、學者，全都變成他們雇用的勞工。

資產階級政權破壞了過去封建制度的主從關係。

資產階級原本只是封建制度下的一個階級，隨著世界經濟擴張，掌握了近代國家的政權。

另一方面，資產階級用來推翻封建制度的武器如今正反過頭來對付他們，那就是近代的無產階級勞工。

資產階級一面增加都市人口、統治地方，讓生產工具及財產集中在少數人手中。

原本位於中產階級下層的工人及農民依序淪為無產階級。

無產階級勞工以提供勞力的方式，將自己切割成商品販賣。

他們的勞動喪失個人特色，成為機械的附屬品。

勞工開始組織工會，與資本家相抗衡。

勞工偶爾會獲得勝利，但那只是暫時的。

無產階級經過幾個發展階段，開始對抗資產階級。

今日與資產階級對立的所有階級中，只有無產階級是真正的階級革命，其他階級皆已因為近代產業而衰退滅亡了。

近代產業創造出來的交通工具愈來愈發達也助長了勞工的團結。

讓相同性質的地方性鬥爭得以集中成全國性鬥爭。

——流氓無產階級也就是最底層的窮人也投身於這場鬥爭中，但反而被反動派的陰謀收買了。

資本的形成及擴大是資產階級的存在條件，而資本建立於勞工的勞動力。

資產階級的沒落與無產階級的勝利都是不可避免的結果。

第二章　無產階級與共產主義者

共產主義者並非與其他工人政黨對立。

共產主義者的直接目的是要將無產階級組織成一個階級，推翻資產階級，掌握政權。

共產主義的特徵並不是要消滅一般財產，而是要消滅資產階級的財產。

近代資產階級的財產建立於壓榨之上，我的意思是要消滅這樣的私有財產。

世人以為共產主義者是要消滅個人經由勞動所得的財產，因此砲聲隆隆。

但那根本用不著我們消滅，早就因產業發達而日漸消滅了。

受薪階級的勞動絕對無法累積財富，只會累積資本。

一旦資本變成共有的財產，這筆財產就不再具階級性。

我們只是想消滅勞工活著只為了增加資產階級的資本、只能活在資產階級統治下、這種悲慘的本質。

各位或許會驚訝於我們打算消滅私有財產，但是在現在的社會，十分之九的人口早已失去私有財產。

184

共產主義者在廢除祖國和民族性上受到更大的抨擊。

國家與民族的對立早在自由貿易導致世界經濟及生活條件趨於一致下逐漸消失。資產階級的政治又使其消失得更加快速。

從宗教、哲學及思想的角度對共產主義所做的批評根本不值得討論。統治某個時代的思想就只是那個統治階級的思想。共產主義革命在根本上與傳統的所有關係都不一樣，過程中當然也會悖離傳統的思想。

資產階級對共產主義的指責就說到這裡。

無產階級要從資產階級手中奪取一切的資本，並擴大其生產力。

採取的方針依各國的國情而異，最進步的國家大概會實施以下的方案。

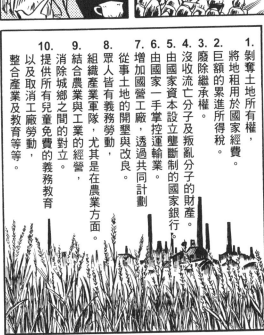

1. 剝奪土地所有權，將地租用於國家經費。
2. 巨額的累進所得稅。
3. 廢除繼承權。
4. 沒收流亡分子及叛亂分子的財產。
5. 由國家資本設立壟斷制的國家銀行。
6. 由國家一手掌控運輸業。
7. 增加國營工廠，透過共同計劃從事土地的開墾與改良。
8. 眾人皆有義務勞動，組織產業軍隊，尤其是在農業方面。
9. 結合農業與工業的經營，消除城鄉之間的對立。
10. 提供所有兒童免費的義務教育以及取消工廠勞動，整合產業及教育等等。

第三章 社會主義與共產主義的論述

1 反動社會主義

A 封建社會主義

法國及英國的貴族有鑑於其歷史性地位，背負著必須為文反對近代資產階級主義的使命。

他們唱著誹謗新統治者的歌，說著不吉利的預言，藉此發洩心中積怨。

基督教社會主義只不過是牧師用來洗滌貴族憤怒的聖水。

C 德國的社會主義及真正的社會主義

法國的社會主義及共產主義的文獻傳入德國時，德國人寫上了哲學性的玩笑話，他們筆下的人類不屬於任何階級，只存在於哲學性的空想中。

B 小資產階級社會主義

由徘徊在無產階級與資產階級之間的人發起了小資產階級社會主義，

然而，這種社會主義只是反動的空想，依舊將社會與所有的關係局限在傳統的框架裡。

186

2　保守的社會主義及資產階級的社會主義

部分資產階級為維持資產階級社會的長治久安，試圖修正社會的缺陷。

這種社會主義的資產階級想得到近代社會的生活條件，也想避免接下來即將發生的鬥爭。

他們的社會主義只是基於資產階級必須是資產階級的主張，才不是為了勞動階級的利益。

自由貿易是為了勞動階級的利益！

保護貿易是為了勞動階級的利益！

改善監獄是為了勞動階級的利益！

3　批判的、空想的社會主義及共產主義

本來的社會主義及共產主義的制度誕生於無產階級與資產階級的鬥爭尚未一觸即發的時期。

消除城鄉對立、消除家庭制度、消除私營企業、消除雇傭勞動等等。

然而當時這種階級對立還處於很模糊、不確定的狀態，對立本身也只有紙上談兵的意義。

他們至今仍致力於實現烏托邦的社會，但是為了架構海市蜃樓，只能訴諸於資產階級的博愛與荷包。

第四章 共產黨之於各政黨的地位

共產黨是為勞動階級的目的與利益而戰，代表這個運動的將來。

在法國與社會民主黨合作，對抗保守黨及激進派資產階級。

在德國，除非資產階級採取革命性的行動，才會與之合作，對抗專制君主、地主、小資產階級。

共產黨的注意力都集中在德國，因為德國的資產階級革命將成為無產階級革命的前哨戰。

共產黨將努力與全世界的民主化各黨派團結一致，讓統治階級在共產主義革命前發抖吧。無產階級除了自己的枷鎖外，將不會失去任何東西。

全世界的無產階級團結起來吧！

——**Profile**——

馬克思／恩格斯

Karl Marx／Friedrich Engels

卡爾·馬克思（1818年～1883年）、斐特烈·恩格斯（1820年～1895年）同樣出生於德國，自1842年認識以來，建立起相當親近的關係。1846年成立了共產主義通信委員會，1848年出版《共產黨宣言》，將共產主義的概要整理成冊，對全世界的勞工運動、共產主義運動造成決定性的影響。恩格斯參與了許多馬克思的著作，也曾在經濟上資助過貧困潦倒的馬克思，兩人是一輩子的盟友。馬克思死後，恩格斯負責管理他的著作。

最終戰爭論

石原莞爾

戰爭是直接使用武力推行國家政策的行為。

昭和十五年五月二十九日京都義方會

戰爭的特徵，沒什麼好說的，就是武力戰。

武力的價值比其他手段高的戰爭——我將其命名為決戰戰爭。

而武力價值相較於政治手段不占絕對優勢的，則是所謂的持久戰爭。

從軍事上來看，決戰戰爭的時代與持久戰爭的時代輪流出現在世界歷史上。

希臘羅馬時代全民皆兵，像是亞歷山大和凱撒的戰爭，幾乎都不受政治牽制，進行決戰戰爭。

到了重商主義的時代，戰術發達，逐漸傾向於持久戰爭。

以三十年戰爭及腓特烈大帝的七年戰爭最具有代表性。

然而，前所未有的軍事家拿破崙無視於當時的用兵術，將兵力重點集中，徹底殲滅敵人。

從過去曠日費時的戰爭為理所當然的時代，進入數週或幾個月就一舉決定大戰命運的決戰戰爭時代。

應該說是法國大革命創造了拿破崙，而拿破崙完成了法國大革命。

有個名叫克勞塞維茲的德國軍人徹底研究腓特烈大帝與拿破崙的用兵術，將近代的用兵學組織化。

後來，施里芬總參謀長將決戰戰爭的思想徹底運用於歐洲戰爭上。

所有人在面對歐洲戰爭時，都以為戰爭能在最短的時間內解決。

沒想到世界已經變了模樣，出乎所有人的預料，成為一打打了四年半的持久戰爭。

至於為何會變成持久戰，是因為兵器非常進步，健康的男兒全都上戰場。

戰線被拉長，既無法突破，也無法採迂回戰術，因此就變成持久戰。

第二次世界大戰的歐洲戰場，初期大家也都以為會變成持久戰，最近因為德軍大獲全勝才開始產生疑問。

德國自五月十日以來的猛攻一下就打得荷蘭、比利時投降，還突破世人認為難攻不落的馬其頓防線，揮軍巴黎，僅僅五週的時間就逼迫強敵法國要求停戰。

若說這才是今日戰爭的本質，請容我持反對意見。

自從希特勒統治德國以來，真的是傾全國之力在擴充軍備。

這次的戰爭並非勢均力敵的勝負，同盟國在武器與軍心方面皆居居劣勢，必然會招致這樣的結果。

現在的空軍與戰車都比第一次世界大戰時進步許多，但依舊難以突破敵人的防線，戰線可能會拉長，再次陷入持久戰爭的泥淖。

無庸置疑，未來終將進入下一個決戰戰爭的時代，那會是什麼樣的戰爭呢？不妨從過去的歷史來推測。

如今凡是男人都要上戰場，接下來的戰爭恐怕不分男女老幼，全都無一倖免。

這場戰爭或許將以空中作戰為主。簡而言之，下一次的決戰戰爭將發展到戰爭的極限。

經歷過下一次的決戰戰爭，人類再也無力挑起下一場戰爭。至此，全世界的人類終於得到夢寐以求的和平。

只要陸海軍還存在一天，就不會進入最後的決戰戰爭。

不可能再有軍艦好整以暇地在太平洋上盤旋十幾、二十天。

當空軍隔著最遠的太平洋進行決戰，也是人類最後一次殊死戰，意味著飛機可以繞著地球飛行、無需著陸的時代即將來臨。

必須發明出破壞力大到就連我也無法想像的兵器，只要一發就能讓好幾萬人瞬間魂歸離恨天。

基本上，世界分成四個部分。

一是蘇聯。蘇聯是社會主義國家的聯邦，絕對不能小看蘇聯的實力。

二是美洲。以美國為主，南北美似乎正逐漸合而為一。

然後是歐洲。以納粹的世界觀為「命運共同體」成立歐盟的理想必是最高指導原則，希特勒的理想。

最後是東亞。眼下日本與中國的戰爭還在持續當中，所幸日本人和漢人都很聰明，大概很快就會看清局勢，握手言和。

事實上還有一個大英帝國，但我認為這不是問題，大英帝國十九世紀就會告終。

至於哪一部分會留到準決賽，我認為是東亞和美洲。

亦即將揭曉東洋的王道與西洋的霸權，何者才是統一世界的最高指導原則。

我問許多人距離下一次的最終戰爭還有多久，大部分的見解都是五十年前後。

這場最終戰爭一旦開打，會在極短的時間內落幕。一旦進入人類最後的終點戰，我預估世界大概會在五十年之內統一。

昭和維新不光是日本的問題，其實是要集合、發揮東亞各民族之力，完成與西洋文明的代表決一死戰的準備。

貫穿這項偉大事業的中心思想是由建國精神、大日本國精神所統一的信仰，至此世界統一的理想才真正得以實現。

接著稍微改變一下方向，向各位報告一個宗教上的見解。

佛教的時代分成正法、像法、末法這三個時代，所謂正法是指最純粹地奉行佛祖教義的時代；像法是盡量做到似模像樣的時代；末法則是念佛修道的時代。

進入末法時代又過了兩百年的時候，日蓮聖人對將來做出重大的預言，以日本為中心，世界上必定會發生前所未有的大戰。

屆時本化上行將再度現世，在日本國建置本門的戒壇，實現以日本國體為中心的世界大同，做出以上的預言後隨即逝世。

田中智學※上師預言世界將於大正八年至四十八年統一。

我們最重要的工作無非是以最快的速度讓全日本國民及全東亞民族了解這個大時代的精神。

※ 田中智學：日蓮主義的宗教家，提倡世界統一，組成國柱會。

問題回答

如同世界統一，要解決人類最大的問題，終究只能靠上天的審判，雖然很遺憾，但也沒辦法。

我認為人類必須靠戰爭才能建立絕對和平的世界。

可以請你說明一下為何東洋文明是王道、西洋文明是霸權嗎？

由列祖列宗傳下來的建國理想、言簡意賅、強而有力，此王道思想正可用來說明日本的國體。

偏重物質文明的西洋文明正是所謂的霸權文明。

我不認為藉由發生在幾十年後的最終戰爭就能一舉完成世界政權的統一。

到了那個時代，人類會發明長生不老的妙方，這麼一來就能雲淡風輕地過著接近神明的生活。換言之，人類會逐漸進入令人驚嘆的文明，佛教稱其為彌勒菩薩的時代。

最終戰爭的祕密武器並不是飛機，而是殺人光波或殺人電波吧。

飛機身為兵器的價值並不是開飛機去衝撞敵人，而是迅速地將炸彈等物送至遠方。

為了將炸彈送至遠方、殲滅敵人，飛機依然有其存在的必要性。

你認為最終戰爭的戰鬥指導精神是什麼呢？

經由準決賽戰時代的統治訓練，最終戰爭時代的社會指導精神將遠比今日的統治更尊重自由，進步到更積極地將國家的能力發揮到淋漓盡致。

你並未充分說明日本在最終戰爭一定會獲勝的客觀條件，我認為光靠信仰不足以安心。

徹底推行科學教育、提升技術水準、擴大生產力是我們奮鬥的目標，只要我們將能力發揮到淋漓盡致，日本必勝。

你以宗教的角度說明了最終戰爭的必然性，但若不以科學的方式說明，現代人將無法了解。

就連自稱很科學的馬克思主義判斷資本主義時代後將是無產階級獨裁的時代也只是一種推論，並沒有什麼科學的根據。從這個角度來看，不才在下我對於一定會發生最終戰爭的推論也稱不上有什麼科學的根據。

啪 啪 啪 啪 啪 啪

閉会

我自知在回答各位的問題裡，有很多逾越本分、屬於我個人的判斷，也覺得羞愧至極。衷心期盼有志之士能從思想、社會、經濟等各方面加以推敲，並不吝賜教。

—— **Profile** ——

石原莞爾

Kanji Ishiwara

1889 年出生於山形，陸軍大學畢業。軍事奇才，聲名遠播，素有「帝國陸軍的異端兒」之稱。為關東軍作戰參謀，除了是柳條湖事件、九一八事變的主謀外，於二‧二六事件中，主動帶頭鎮壓叛軍。後因與東條英機不和，被迫退出前線，於立命館大學從事演講活動。包括東亞連盟構想在內，對戰後的右翼思想帶來重大的影響。1948 年因其軍國主義者身分被褫奪公權。隔年因肺炎病逝，享年 60 歲。代表作有《最後戰爭論》、《國防政治論》。

父歸

菊池寬

娘,阿種上哪兒去了?

去送貨了。

等你也討到老婆,我就能放心了。大家都說我的丈夫運雖然很糟糕,子女運倒是挺不錯的。你爹剛走的時候,我真是六神無主……

因為爹不在的關係,阿種從小就吃盡苦頭,就不能讓她專心地準備嫁人嗎?

杉田校長肯定認錯人了，要是你爹還活著，這麼多年至少會寄張明信片回來吧。

哥記憶中的爹是什麼模樣？

我不記得了。

爹年輕時是個美男子吧。

沒錯，你爹是有名的美男子。過去他侍奉大人時，女佣會在筷子盒裡夾帶情書遞給他。

……哥，我還是決定要考英文檢定。

是嘛，做什麼事都要全力以赴。為了證明就算父親的力量也不靠得好好用功，獨當一面。

我回來了。

好晚呢，快來吃飯。

哥，我剛回來的時候，有個老人家一直在對面盯著我們家的玄關看。

沒有，沒半個人。

有誰在那裡嗎？

太暗了看不清，是個高個子。

什麼樣的人？

是嘛⋯

我年輕時也恨過他，但是恨意早已被沖淡。

娘，別再提以前的事了。

那個人在盂蘭盆節的三天後離家。

來了！

打擾了！

嘎啦

204

阿高嗎？

啊！你回來啦！變了好多啊。

可以進去嗎？

當然可以。

是爹爹嗎？我是新二郎。

你長大了呢，與你分別時，你還不會站呢……

爹，我是阿種。

女兒也長得落落大方了。

唉，我也不知道該怎麼說，總之孩子都長大了，這比什麼都重要。

就算沒有父母，孩子也會自己長大呢。哈哈哈。

205　父歸

後來做什麼都不順，想想也沒剩多少日子可活，很想念老婆、小孩，就厚著臉皮回來了，請大家收留我這個來日不多的老人。

我直到四、五、二、三十個人到處巡迴表演，只可惜雜技團的家當在吳燒得一乾二淨，損失慘重。

⋯⋯

阿賢聽話，好不容易父子重逢，一起來慶祝吧。

賢一郎，可以幫我倒杯酒嗎？我只記得你的長相。

阿賢，你怎麼這麼說。

住手，替他倒酒，不用來。

好。

那新二郎，你陪我喝一杯吧。

我們要是有父親，就不用十幾歲開始工作；我們就是因為沒有父親，才會從小就吃盡苦頭。

你說什麼！

我們根本沒有父親。

206

可是哥，爹的年紀都已經這麼大了……

新二郎，你忘了小學時因為買不起紙和墨而哭的事嗎？就連教科書也買不起，只好用抄的，還被朋友取笑，到哭泣的事你都忘了嗎？

算了，我走就是了。再怎麼窮途潦倒，也不至於餓死。告辭。

自己在外面花天酒地，等年紀大了、動不了了才回來，我們可沒有你這種父親。

別再說了，我走就是，打擾各位了。

我因為沒有父親而吃盡苦頭，為了不讓弟弟妹妹也嘗到同樣的辛酸，我不眠不休地工作，總算供弟弟妹妹念到中學畢業。

有地方可去嗎？

我可以死在路邊，不需要家人……

阿高！妳要長命百歲喔。妳被我拋棄反而是一件幸事。

我也知道自己沒臉再踏進這個家門，只是上了年紀、心靈脆弱，自然想回到故鄉。

……可是，我果然不該回來。

新！你去叫爹回來。

哥！

賢一郎！

我往南邊找了，但沒見到人，再來要往北邊找，哥也來幫忙。

什麼找不到！怎麼可能找不到。

— **Profile** —

菊池寬

Kan Kikuchi

1888 年出生於香川縣。京都帝國大學畢業後，成為《時事新報》的記者，進入文壇。既是小說家，也是創辦文藝春秋社的企業家，同時還是芥川賞、直木賞的設立者。也擔任大映社長、《報知新聞》的客座員工，用從事企業活動賺來的錢資助川端康成等新銳作家。與長谷川町子有所交流，因此也出現在《海螺小姐》的作品裡。與芥川龍之介是好朋友，在他的葬禮上朗讀弔詞。1948 年逝世，享年59 歲。代表作有《父歸》、《珍珠夫人》。

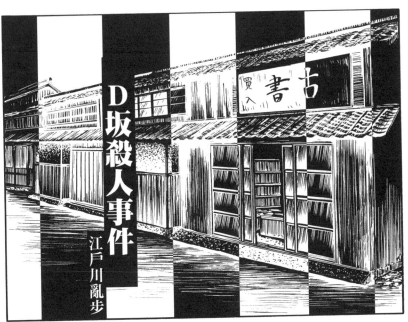

D坂殺人事件

江戶川亂步

那是九月上旬某個悶熱的晚上，我正在位於D坂大馬路中段的白梅軒咖啡廳喝冰咖啡。

當時我剛從學校畢業，還沒找到像樣的工作，每天都把時間耗在不用花太多錢的咖啡廳。

那扇拉門稱為「無窗」，中央的部分由雙重格子構成，可以拉開或關上。

喞啦

最近我在白梅軒認識一個名叫明智小五郎的怪人，他說這家二手書店的老闆娘是他的青梅竹馬。

說到二手書店的老闆娘，我聽這家咖啡廳的女服務生討論過奇妙的傳言。

雖然很奇怪，但二手書店是很容易被人順手牽羊的店，所以要這樣一直監視著。

聽說二手書店的老闆娘除去外衣後，身上傷痕累累。明明夫婦倆的感情不壞，好奇怪呀。

隔壁旭屋蕎麥麵店的老闆娘也常帶著傷，那些傷顯然也是被打的。

我沒怎麼放在心上，頂多只覺得大概是老公的脾氣很壞。但各位讀者，事情並非如此。我後來才知道即使是這些蛛絲馬跡，也跟整個故事有很大的關係。

啊，明智小五郎。

不的來但另實另外沒這論，實別當行問題，我就有這麼認為。不，我不理論上有個偵探解不開的犯罪。

絕對不會被發現的犯罪是不存在的嗎？我倒認為很有可能。

會不會是剛好出去了？

你也注意到了吧。

三十分鐘都沒有人，實在有些蹊蹺。如何？要不要去看看。

喀

那就進去看看吧。

這不是老闆娘嗎？好像被勒死了。

天啊！

看樣子沒救了，得趕快報警。

是被人用手掐死的，恐怕死亡還不到一個小時。

這家店的老闆每晚都會去兜售二手書，不到十二點左右是不會回來的。

老闆上哪兒去了？

這樣啊，待會請讓我採一下你的指紋。

是我。

請問是誰開的燈？

214

這位是在後面巷口賣冰淇淋的小販。

今晚八點前後有人經過這條巷子嗎?

沒有。太陽下山後連一隻貓都沒有經過。

表示兇手並未從後門唯一的通路離開。

但也沒有從正門出去。因為我們一直在白梅軒盯梢,不會錯的。

雖然可以從二樓順著屋簷逃走,但二手書店隔壁的點心店老闆直到方才還在屋頂的曬衣場吹尺八※,就坐在可以將二手書店的二樓窗戶看得一清二楚的地方。

各位讀者,事情愈來愈有趣了,兇手是從哪裡入侵,又是從哪裡逃走呢?既不是從後門,也不是從二樓窗戶,更沒有從大門口出去,難道他從一開始就不存在嗎?還是變成煙消失了?

不可思議的還不只如此,兩位在後面長屋租房子的學生說了非常詭異的話。

八點的時候,我剛好在這家二手書店,翻閱放在那張桌子上的雜誌。

我抬頭看的時候和那個男人關上拉門幾乎是同一時間，所以不是很清楚，但男人穿著黑色的和服。

我也和他一起看書，但我記得那男人穿的是白色和服。

聰明的讀者或許已經察覺到這兩位學生自相矛盾的證詞代表著什麼意思，其實我也注意到了。

沒多久，死者的丈夫接獲通知回來了。

關於死者身上的諸多傷痕，丈夫非常難以啟齒，但總算承認是自己幹的好事。

當天晚上他一直在賣書，所以刑警也沒深入追究。

各位讀者看到這裡，大概會聯想到愛倫・坡的《莫爾格街凶殺案》或柯南・道爾的《斑點帶子》，沒想到會在東京的Ｄ坂發生這種事，有證人從拉門的格子空隙看到男人的身影。

都說以日本的建築不會發生國外的偵探小說裡那種重大的犯罪，我才不這麼認為呢，眼下不就發生了嗎。

我還不確定自己能做什麼，但我想用偵探的雙眼見證這件事

216

命案發生過了十天左右的某一天，我去拜訪明智小五郎。

請進。

不好意思，請坐在看起來比較軟的書上。

我後來想了很多，得到一個結論，想跟你說……

哦，那真是太棒了，願聞其詳。

我全然不知他到底有過哪些經歷，靠什麼吃穿，活在世上有何目的，他無疑是個遊民，沒有正當的工作。

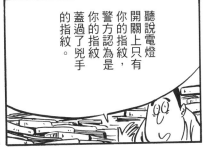

聽說電燈開關上只有你的指紋，警方認為是你的指紋蓋過了兇手的指紋。

你認為你得到的結論是什麼？又為何先來告訴你，而不是去向警察報告呢？

217　D坂殺人事件

兩位學生都看到兇手，但他們口中的兇手和服顏色卻完全不一樣，那是因為兇手穿的是黑白條紋的和服。

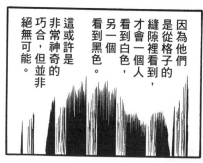

因為他們是從格子的縫隙裡看到，才會一個人看到白色，另一個看到黑色。

這或許是非常神奇的巧合，但並非絕無可能。

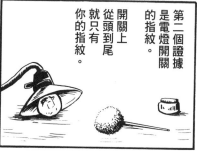

第二個證據是電燈開關的指紋。

開關上從頭到尾就只有你的指紋。

為何沒留下二手書店老闆夫婦的指紋，大概是因為房間裡的電燈開了就沒關過。

你對以上的指控做何解釋？

接下來是我的分析。

有個穿著粗條紋和服的男人──這個男人大概是死者的青梅竹馬，動機可能是被對方甩了──知道二手書店的老闆晚上會出去擺攤，會利用老闆不在家的空檔偷襲死者。

男人殺了人、離開二手書店後，突然想起自己在電燈開關上留下指紋，無論如何都得擦掉才行。

於是男人想到一個妙計，那就是讓自己成為命案發現者。

這樣就能極其自然地主動開燈，就算電燈開關有自己的指紋也說得過去。

218

明智兄，你明白我的意思吧，你是百口莫辯了。你證據這麼齊全，

開在二手書店隔壁的旭屋蕎麥麵店與二手書店以泥土地相通，男人假裝借廁所，從後門出去，自然不用再進去。冰淇淋小販是在出了巷子的轉角做生意，所以也不會看到他。

呀，不好意思，我絕沒有要笑你的意思，因為你實在太正經了。

你的推理都太流於表面，而且只看到物證，我還沒上小學就與她分隔兩地了。

哈哈哈

當時我手忙腳亂地搖晃電燈，反而讓斷掉的鎢絲又接上了，所以開關上當然只有我的指紋。

哈哈……說來好笑，其實是電燈的鎢絲燒斷了，根本沒人關它。

那麼你倒是說說，指紋的事你要怎麼解釋？

明斯特伯格※也說過，人類的觀察或記憶其實很不可靠。我不知道他們看到了誰，但那個人應該不是穿著條紋的和服。

至於兇手的和服顏色，

已經從二手書店的老闆和蕎麥麵店的老闆口中問出某個古怪的事實。

之所以說古怪，因為這椿命案是在兇手與被害人同意的情況下發生的。

敢情你知道兇手是誰了？

知道啊。

旭屋老闆是個虐待狂，熱衷於嗜虐的性愛，或許受到命運的捉弄，居然發現住在隔壁的女人是個被虐待狂。

沒錯，二手書店的老闆娘正是不折不扣的被虐待狂。

他們瞞著眾人私通。

照我說，兇手是旭屋的老闆。

所以這個結果完全是命運的玩笑開大了。

這是什麼亂七八糟的事件啊！

啊，終於受不了良心的苛責去自首了。剛好我們在討論這件事的時候，報紙就登出來了，真是奇妙的偶然。

—— **Profile** ——

江戶川亂步

Ranpo Edogawa

1894 年出生於三重縣。筆名源自埃德加・愛倫・坡。1916 年畢業於早稻田大學政治經濟系。做過貿易公司、二手書店、蕎麥麵店和偵探等許多工作。1923 年以主打「色情、獵奇、荒唐」的《兩分銅幣》出道。《人間椅子》是暗藏奇怪的謎團又奠基於科學之上的作品，《怪人二十面相》等兒童讀物也很受歡迎。晚年罹患帕金森氏症，但仍以口述筆記的方式從事評論、寫作活動。1965 年因蛛網膜下腔出血病逝，享年 70 歲。著作等身，如《人間椅子》、《陰獸》、《D 坂殺人事件》等等。

克蘇魯的呼喚

霍華·菲力普·洛夫克萊夫特

現在也還潛藏著那般巨大的力量及存在……

他們遠在太古之前即已成形，躲在人類的進步背後，唯有詩及傳說捕捉到微弱的記憶，稱其為神、怪物、神話中的存在……

——阿爾傑農·布萊克伍德

一九二六年冬天，在羅德島州普洛維登斯的布朗大學任教，同時也是閃米語權威的大伯父安傑爾榮譽教授去世了。

據說是在新港的港口與黑人船員相撞昏倒，結果就這麼死掉了，死因充滿疑點。

大伯父沒有妻兒，由我代為整理遺物。

那是一塊厚一英寸、長五英寸、寬六英寸的黏土板，上頭雕刻著章魚、龍和人混合而成的怪物。

這是什麼？包得好密實……

「……克蘇魯教」？

CTHULHU CULT

第一部「一九二五年威爾考克斯青年的夢及其作品」

第二部「一九○八年美國考古學會上盧古拉斯警部的發言」

根據這本筆記，這塊黏土板是一九二五年三月一日由名叫威爾考克斯的美術學生製作帶來的。

這是我前一天晚上地震後作的夢。

黏土板上奇怪的雕像就是出現在夢裡的巨大怪物。

從滴落黏液的巨大石造建築物林立，從後面傳來奇怪的呻吟聲。

聽起來像是「Cthulhu fhtagn」、「R'lyeh」但不知道是什麼意思。

大伯父詳細地把他連續幾天的夢境記錄下來，熱衷於解夢。

據大伯父調查，有好幾個畫家及雕刻家都在同一時期夢到同樣怪異的內容。

然而他在三月二十二日的晚上發高燒，四月二日痊癒後，就再也沒作過奇怪的夢了。

這時我已知大伯父所記錄的那些過去的事，懷疑威爾考克斯，根本是在誆騙大伯父。

再根據夾在筆記本裡的剪報指出，世界各地都在這個時期發生了異象。

這是發生在一九〇八年於聖路易舉行的美國考古學會上的事。

正因為這不是大伯父安傑爾教授第一次接觸到這種無以名狀的怪事，所以才會對威爾克斯說的話充滿興趣。

這是從幾個月前在路易斯安那州的沼澤地深處舉行的邪教聚會上沒收的東西。

來自紐奧良的盧古拉斯警部提出質疑。

類似在格陵蘭發現的惡魔崇拜者使用的石碑上的文字。

上頭刻著沒見過的文字。

好像章魚頭。

這是什麼？

「Ph'nglui mglw'nafh Cthulhu R'lyeh wgah'nagl fhtagn」

這該不會是以下的咒語吧。

226

據裝神弄鬼的人說，這句話的意思如下：

「已死的克蘇魯在拉萊耶的宅邸中等候你入夢。」

一九〇七年十一月一日，紐奧良警方在當地居民的要求下，前往取締裝神弄鬼的集團聚會。

Ph'nglui
mglw'nafh
Cthulhu R'lyeh
wgah'nagl
fhtagn

審問後得知他們崇拜的神祇是人類誕生以前從天而降的「舊神」，如今已隱身在海底最深處。

逮捕的信徒全都發瘋了，這尊石像就是從那裡帶回來的。

據被捕的長老所言，阿拉伯狂人阿巴度·亞爾哈茲瑞德留下的魔法書《死靈之書》是那個宗教團體必看的讀物。

當星辰運行到正確的位置時，沉睡在海底之都拉萊耶的大祭司克蘇魯就會醒來，再次統治地球。

威爾考克斯是非常誠實的青年，看起來不像騙了大伯父。

在那之後，我有幸看到那尊石像，也見到盧古拉斯警部與威爾考克斯青年。

後來學會也討論過這件事，並未得到比這份報告更豐碩的成果。

而我也對這個教派涉入太深了……

我懷疑大伯父的死因會不會是知道太多這個遠古教派的事。

根據那篇一九二五年四月十八日的報導，拿著那尊石像的是名叫約翰森的挪威人，他是漂流在海上的遇難船中唯一的倖存者。

要說是巧合也太可怕，我居然在偶然拿到的舊報紙上看到跟那尊石像幾無二致的石像照片。

三月二十二日，武裝海賊船阿勒特號命令他們停船，反被他們搶走了船隻。海賊船的水手全都面貌陰森，照片中的石像就在船上。

從紐西蘭的奧克蘭港口出發的商船艾瑪號於三月一日（美國時間二月二十八日）遇上暴風雨，迷失方向。

然後六名船員都死在那座島上，只剩約翰森和另一人活了下來，但那個人回到船上就死了。

約翰森等人不理會海賊的警告，繼續航行，第二天發現一座地圖上沒有的小島，上岸。

但我總算見到他的妻子，借來他的手札。

我前往奧斯陸，想見約翰森航海士一面，但他已經死了，而且死因也很不尋常。

說也奇怪，上述時間皆與威爾考克斯青年夢見詭異的城市、做黏土板的怪物像、發高燒的日期不謀而合。

229　克蘇魯的呼喚

日記上寫著那座位在南太平洋上南緯四七度九分、西經一二六度四三分的小島大概就是藝術家們夢見的死城拉萊耶。

啊，門開著。

啊

哇啊

約翰森的手札到此為止。

我把手札和威爾考克斯的黏土板、大伯父的資料一起收在錫製盒子裡。為了衡量自己還有幾分正常，也留下這份記錄。

我不小心知道這個宇宙最恐怖的祕密了，接下來不管是春季的天空還是夏季的花都不會放過我吧。

我應該也活不久了，就像大伯父安傑爾教授和約翰森航海士一樣。

克蘇魯還活著吧，只是再次沉睡於海底之都。

然後在夢裡等著再度上岸的日子。

那一刻遲早會到來吧，但這不是我該思考的問題。

萬一有人在我死後發現這份記錄，請燒掉它，莫被他人見著。

— **Profile** —

霍華·菲力普·洛夫克萊夫特

Howard Phillips Lovecraft

1890 年出生於美國，小時候每天晚上都作惡夢。成為大眾小說家，有了一定的知名度以後，依舊不是以創作，而是以潤飾他人文章維持生計。生前身為文學家的評價並不高，發表的作品也很少，時間都花在書信交流，喜歡欣賞歷史建築、在美麗的土地上散步。1937 年病逝，享年 46 歲。死後，他的作家朋友奧古斯特·德雷斯成立了出版社「阿卡姆之屋」（Arkham House），出版了許多洛夫克萊夫特的作品，將其系列化為「克蘇魯神話」。代表作有《克蘇魯的呼喚》、《印斯茅斯的陰霾》。

夜叉池

泉鏡花

滿天紅霞
的三國岳
彷彿著了
火。

噹

完全沒有
要下雨的
樣子呢。

這一帶的水位也
變低了，村民最近
都感到很不安。

這座鐘只會在早上六點、晚上六點和丑時三刻各敲一次。

負責報時的是這座鐘吧。

沒錯。

這還是我來到這裡第一次看到稱得上是水的水。

水源是這座深山裡的夜叉池，那座池子很大，傳說有龍棲息在水底。

本堂呢？

很早以前就燒掉了，所以從以前就沒有寺廟。

前年夏天，我的好友為了收集不可思議的故事，利用暑假去東京——從此之後不知去向。

可以請你講個故事來聽聽嗎？短的也沒關係。

那我就講個有趣的故事吧。

啊，天黑了，請你離開。

就這樣趕我出去也太過分了。

山澤。

喂，萩原嗎？你是萩原嗎？

你的頭是怎麼回事？

這個嗎？這是假髮。

這傢伙叫百合。

百合小姐嗎？是你老婆……尊夫人嗎？

這到底是怎麼回事？

你就當是作夢，聽我道來吧。

我前年想一睹這座深山裡的夜叉池，孤身一人進入山谷，結果就變成這樣了。

……所以才會早上六點、晚上六點和丑時三刻各敲一次鐘。

為了拯救人類沉淪、天地陷落，要奪去我的自由也是不得已之事。取而代之的是請鑄造大鐘，掛於山腳下，早晚敲三次鐘，使我驚醒，記起這個約定。

很久很久以前，人與水交戰，這座村子行將毀滅時，越國的大德泰澄以其道行將龍神封印於夜叉池，龍神留下遺言。

直到前年夏天我來接棒以前，是由一位名叫彌太兵衛的七十九歲老爺子早晚敲鐘三次。

一天晚上，撞完丑時三刻的鐘，從鐘樓下來時，老爺子跌倒撞到台階。

一想到只要忘了敲鐘，陸地就會被水淹沒，使良田變成沼澤，化為深淵——我就死不瞑目。

別擔心，我會幫你敲鐘。

我還以為只要代敲兩、三天鐘，沒想到四、五天、半個、一個月過去，不知不覺已過三年。

為了讓自己對塵世死心，終老於此，於是在白天戴上白色的假髮。

你是說你要為了那人在此終老嗎？

或許上天是為了這個村子，才創造了百合小姐，讓你在這裡守鐘樓。你們二人就是村子的守護神。

萩原，我打算趁夜去看夜叉池。聽完這些不可思議的事之後更想看了。

好吧，那就去拜訪嚮導的人。

不用來個吻別嗎？

我又不是她丈夫，只是撞鐘的彌太兵衛。

238

哦，
大蟹。

鯉七，
你這是要
上哪兒去？

大池的公主
還不打算
降雨嗎？

公主迷上了
劍峰蛇池的少主，
才沒心情
管人間的乾旱。

我來自北陸道
無雙的靈山，
奉劍峰蛇池
的少主之命，
來給夜叉池
的公主送信。

我們是
這座山裡池子、
森林和沼澤的
關守，
報上名來。

來者
何人？

沙沙
沙沙

來到這裡也想說
乾脆泡一下池水，
但裝信的盒子
突然變得好重。

可說是甜蜜
的負荷呢。

這不是
鯰入嗎？

原來是
守夜叉池
的夫婦啊。

哦，
黑和尚。

姥姥，我要走了。

去哪裡？

去找寫信給我的人。

姥姥，妳站在人類那邊嗎？

就算與妳為敵，我也要說，不可不守承諾，破壞約定不會有好事。

妳的離開會斷送成千上萬生靈的性命，千萬別忘了這一點。

人類的生命與我何干！……為了愛情，我連命都可以不要。

姥姥，不管妳怎麼想，我都要去劍峰，只要沒那座鐘，就不用遵守約定了。

顯現

姥姥，那聲音是？

是鐘樓的百合。

寶寶睡 乖乖睡

寶寶睡 乖乖睡

我差點忘了……要是我毀滅這個村子，這麼美的人也會沒命，我對那兩人既羨慕又嫉妒。我還是安分一點好了。

太好了。

嘩哩嘩

呀啊

你們闖進別人家做什麼？

六個村子沒水了，我們願意給妳五萬石米，請妳為了八千人成為乞雨的祭品吧！

請等一下……至少等晃先生回來。

啊，晃先生，來得正好。

我走到三分之一的路上，聽到搖籃曲，突然有股不祥的預感，所以連忙折回來。

你對這個村子一點貢獻都沒有，連當肥料都不夠格，我命令你立刻離開這裡。

我答應過老爺子……我是為了信守承諾，否則誰想敲鐘。

滾出去，滾出去。

百合，我們走。

不准帶走村裡的人。

以前也發生過相同的事。村裡有個名喚白雪的少女。儘管抵死不從還是被捉住了，裸體綁在牛身上，趕到夜叉池。少女因為屈辱、羞恥、遺憾，而在牛背上放火，燒掉整個村子白雪在山腳下看到紅色的烈焰升起，含笑躍入夜叉池自盡。

你們忘了嗎？敢動我們一根手指看看。別說不下雨，鹿見村還會付之一炬。

大伙上，別讓他們跑了。

哇

只要我死，你們就沒話說了。

糟糕！

晃先生……願你平安……

242

人類呢？

全都游得比魚還快，看起來就像田螺或泥鰍。

哈哈哈

這處新的鐘淵就留給二位住吧。大家集合，我要去劍峰了。

——Profile——

泉鏡花

Kyoka Izumi

1873 年於石川縣出生。1890 年，在 17 歲的時候讀到尾崎紅葉的作品，立志成為小說家，前往東京。1895 年發表了《夜間巡警》、《外科室》，1900 年以《高野聖僧》成為知名作家。善於描寫浪漫與幻想的世界，於明治、大正、昭和年間創作出超過三百篇的作品。亦參與戲曲及俳句創作，川端康成對其語彙的造詣讚不絕口。據說嗜好是蒐集兔子造型的物品，例如玩具或擺設等等。1939 年逝世，享年 65 歲。代表作有《高野聖僧》、《婦系圖》、《歌行燈》。

李陵
中島敦

漢武帝天漢二年秋九月，騎督尉李陵率步兵五千，自邊塞遮虜鄣向北方發兵。

面對以騎兵為主力的匈奴，連一隊騎兵都不帶，光靠步兵深入敵方陣營，簡直是有勇無謀至極。

由於相繼派兵征討四方，已經沒有多餘的馬匹可以撥給李陵的軍隊，但李陵表示無妨。

李陵善騎射，乃人稱飛將軍的名將李廣之孫，與其擔任後勤補給，寧願與五千名部下冒險犯難。

漢軍逐漸從平地敗退到西方的山地，終於被逼入遠離目的地的山谷。

當李陵的軍隊停下腳步，採取戰鬥模式，敵人便策馬遠離；當李陵再度開始行軍，敵人又靠過來射箭，不僅大幅拖慢行軍速度，死傷者也日復一日確實增加。

匈奴的軍隊宛如曠野上的狼，在又餓又累的旅人後面窮追不捨。

只要趁今夜突圍，或許就能抵達邊塞，向天子通風報信。

就連一枝箭也沒有，明天天一亮，只能全軍坐以待斃。

部下盡失，全軍覆沒，已無顏面對天子。

哇 哇

壓制

一湧而上

嘶

咻

248

武帝召集群臣，商討如何處置李陵，他們全都對李陵賣國的行為痛加撻伐。

戰敗的消息立即快馬加鞭地傳到長安。

不料武帝並未震怒，因為他原本就沒對只有一支軍隊的李陵抱持太大希望。

隔年天漢三年春天，接獲李陵並非戰死，而是投降被捕的消息，武帝這才龍顏大怒。

只有一人以苦澀的表情看著這一切。

雖說戰敗，但李陵畢竟驍勇善戰，又揚名天下，或許他留得一命，是為了從敵營向漢軍通報消息……

莫名其妙的是，比起李陵的家人，反而是這個男人──太史令司馬遷先受罰。

第二天，他被廷尉處以宮刑。

宮刑也是一種莫名其妙的刑罰，讓男人變得不是男人。

我們這些後人都知道司馬遷是史記的作者，大名鼎鼎，但當時的太史令司馬遷只不過是區區一介文官。

父親去世兩年後，司馬遷繼承太史令的職位。

太初元年，他開始著手編纂史記，當時四十二歲。

漢室平定天下後，已過了五代、百年，不只漢朝，整個時代都在渴求歷史的出現，因此他工作得稱心如意。

司馬遷過了幾年充實又幸福的日子，沒想到會突然遭此橫禍。

施以宮刑後，有一段時間不能吹風，於是便關了一間保暖又密閉的暗室，把受刑人關進去幾天，休養身體。

過了一段茫然自失的時期後，他身為歷史家的使命覺醒了。

修史的工作一定要繼續下去。

為了繼續修史，再怎麼痛苦也要活下去。

五個月後，司馬遷再次提筆為文，既無歡欣，也不亢奮，只是靠著一股想要完成工作的意志力，一如遍體鱗傷的旅人拖著受傷的腳往目的地前行。

他們的生活除了畜牧、狩獵、侵略以外，再無其他。

既沒有城池，也沒有田地，縱有村落，依舊隨季節逐水草而居。

降將李陵被待之以上賓之禮，得到一個蒙古包與數十名侍者。

對李陵而言，奇異的生活開始了。

李陵一直伺機企圖砍下單于的項上人頭，但苦無下手的機會，只能耐心等待幾乎不可能來臨的機會。

單于向李陵請教戰略上的問題。

李陵嚴正拒絕，表示自己不可能對漢室出兵。

天漢四年，單于親自率領十萬精兵，在水南的大草原迎擊李廣利、路博德的軍隊。

半年後，從邊境綁來一漢人，從他口中得知李陵上至老母，下至妻兒、兄弟皆被處死。

聽說李將軍傳授敵軍如何對漢室，陛下大為震怒……

漢軍降將中有個叫李緒的人，投降匈奴後，經常教胡軍作戰，還幫忙練兵，肯定是把李緒錯當成我了。

當天晚上，李陵隻身前往李緒的帳篷。

李陵看起來就像變了一個人，過去打死不肯傳授敵人如何對漢朝用兵的他，開始主動傾囊相授，因此單于封李陵為右校王，還將自己的女兒許配給他。

隔年太始元年，且鞮侯單于死去，與李陵私交甚篤的左賢王繼位，人稱狐鹿姑單于。

我發誓不再踏上漢室的土地，但就算與新單于私交甚篤，也沒把握能成為匈奴人安享天年。

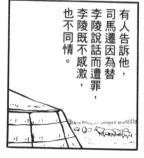

他不喜歡動腦筋，心情一旦煩悶，總是獨自策馬在曠野上狂奔。

有人告訴他，司馬遷因為替李陵說話而遭罪，李陵既不感激，也不同情。

252

不分青紅皂白就認定諸夏※的風俗才正確，胡地的風俗是錯的，只是漢人的偏見。

原本胡地的風俗在他眼中只有滑稽粗鄙可言，但從當地實際的風土、氣候等背景來看，李陵逐漸明白胡地的風俗既不滑稽，也不粗鄙。

蘇武是李陵二十年來的好友。

孤鹿姑單于繼位幾年後，曾經拜託李陵去勸他投降。

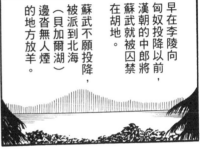

早在李陵向匈奴投降以前，漢朝的中郎將蘇武就被囚禁在胡地。

蘇武不願投降，被派到北海（貝加爾湖）邊杳無人煙的地方放羊。

蘇武不當回事地描述這幾年的生活，只有悲慘二字足以形容。

要交代自己穿上胡服的前因後果實在難以啟齒，但李陵還是一邊為自己找藉口，一邊說出事實。

這個男人到底為什麼而活呢？難道還指望有朝一日能回漢朝嗎？事到如今已經沒有任何希望了。

　※諸夏：指的是相對於四方夷狄的中國本土各國。

幾年後，李陵再度造訪北海邊的小木屋，途中聽聞漢武帝駕崩。

李陵終究沒開口勸他投降，因為不用問，也知道蘇武的答案。

李陵毫不懷疑蘇武是真心痛哭，然而自己卻連一滴眼淚也流不出來。

蘇武面向南方嚎啕大哭。

一回到南方，漢室派來的使者也剛好抵達。他們是來報告武帝的死訊與昭帝即位，並肩負著締結短暫友好關係——通常撐不到一年——的任務。

少卿啊，你什麼都別說，回去吧。

要回去很容易，但回去也只是受辱吧？

254

五年後，漢昭帝始元六年夏天，還以為會在無人聞問的情況下客死北方的蘇武居然可以回歸漢朝了。

李陵的心不禁搖擺起來。

上天果然都有在看。

他有一肚子話想說。

故國的家人盡遭殺戮，已經沒有回去的理由。

這要是說出口，只會變成發牢騷。

然而，酒酣耳熱時，仍忍不住站起來唱歌跳舞。

徑萬里兮度沙幕，為君將兮奮匈奴。

路窮絕兮矢刃摧，士眾滅兮名已潰。

老母已死，雖欲報恩將安歸。

一面叱責自己看不開，卻又無可奈何。

蘇武相隔十九年回到祖國。

司馬遷之後也繼續孜孜不倦地寫作。

提筆至今十四年，慘遭官刑橫禍八年，在不斷補充、刪改、推敲的過程中，又過了幾年，一百三十卷，五十二萬六千五百字的史記完成時，已是武帝行將駕崩之時。

將完成的著作呈給上級，至父親填前報告，便一股腦兒陷入虛脫狀態。

武帝的駕崩與昭帝的繼位對虛脫的太史令司馬遷來說，皆已毫無意義。

關於與蘇武別後的李陵，除了元平元年死於胡地外，再沒留下任何正確的記錄。

根據漢書的匈奴傳，李陵在胡地生下的兒子擁立烏籍都尉當單于，與呼韓邪單于對抗，最後以失敗告終。

此事發生於漢宣帝五鳳二年，剛好是李陵死後又過了十八年的歲月，史冊只見李陵之子的記述，未見全名。

—Profile—

中島敦

Atsushi Nakajima

1909 年出生於東京都。就讀於東京帝國大學時整天泡在麻將館和舞廳裡，過著自由奔放的生活，大二時與在麻將館認識的橋本貴結婚。畢業後至橫濱高等女子中學任教。1941 年前往帛琉南洋廳編纂教科書，後來因戰爭一觸即發回國。1942 年發表出道作品《古譚》（收錄《山月記》），於該年12 月因哮喘發作而病逝，享年 33 歲。主要作品有《山月記》、《光、風、夢》、《李陵》。

小狐狸買手套 新美南吉

寒冬的腳步
從北方走向狐狸
一家住的森林。

啊！

媽媽，有東西刺進我的眼睛，快幫我拔。

原來是沒看過雪的小狐狸，受到強光的反射，以為眼睛被什麼東西刺到了。

媽媽，手手凍僵了，手手好冷，

很快就會變暖了，你不要摸雪，很快就會變暖了。

小狐狸的手好可愛，被凍傷就太可憐了。晚上去鎮上幫小狐狸買雙毛線手套吧。

媽媽，星星會掉在那麼低的地方嗎？

那不是星星喔，是鎮上的燈光。

媽媽，妳在做什麼，快點走吧。

看到鎮上的燈光時，狐狸媽媽想起有一次和朋友去鎮上的時候，發生了大慘事。

小狐狸，把一隻手手伸出來。

聽好了，小狐狸，你去到鎮上，要先找到門口掛著圓形帽子招牌的房子。

感覺好奇怪噢，媽媽，這是什麼？

這是人類的手喔。

為什麼？

絕對不可以伸出另一隻手喔。

找到以後，叩叩叩地敲門，把這隻人類的手從門縫裡伸進去，請對方給你適合這隻手的手套，聽清楚了嗎？

261　小狐狸買手套

絕不能伸出那隻手喔，要伸出人類的手。

咦⋯⋯

人類啊，一旦知道你是狐狸，就不會賣手套給你了。不僅如此，還會把你抓起來，關進籠子裡。

帽子

叩叩

晚安。

請給我適合這隻手手的手套。

啊！

光亮

嘎啦

請先付錢。

這傢伙肯定是拿樹葉來買。

哎呀……

來，給你。

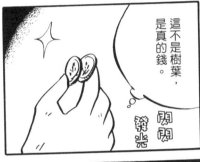
這不是樹葉，是真的錢。

閃閃發光

寶寶睡，快快睡，媽媽唱歌……♪

媽媽說人類很可怕，其實一點都不可怕嘛，就連看到我的手，也沒對我做什麼。

森林裡的小狐狸也會在洞穴中聽狐狸媽媽唱催眠曲吧。

媽媽，晚上這麼冷，森林裡的小狐狸也會嚷著好冷好冷吧。

所以你也快點睡吧。

是嘛！

我不小心伸出真的手手，賣帽子的老闆還是給我這麼暖和的手套。

怎麼說？

媽媽，人類一點也不可怕。

人類真的是好東西嗎？人類真的是好東西嗎？

—— Profile ——

新美南吉

Nankichi Niimi

1913 年出生於愛知縣，母親去世後被別人收養，度過艱苦的童年。1931 年當上小學的代課老師，稍後辭職。1932 年，18 歲時在雜誌上發表《權狐》，後來亦留下許多以故鄉知多半島為舞台、淳樸而通俗的故事。1943 年因結核病惡化病逝，得年 29 歲。同為在地方上擔任教職又英年早逝的童話作家，經常被拿來與宮澤賢治比較。代表作有《權狐》、《蝸牛的悲傷》、《小狐狸買手套》。

死者之書

折口信夫

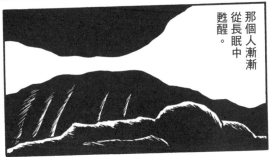

那個人漸漸從長眠中甦醒。

我究竟身在何處……這裡到底是什麼地方？

啊，耳面刀自[※]。

耳面刀自，我還思慕著妳……

※二上山：大津皇子（我）之基地所在。

小姐必須為
打破禁忌、
侵入庵堂的
罪孽贖罪。

妳可曾
聽過、見過
妳出生以前，
也就是前世
的事？

萬法藏院
北邊的山麓上
從以前就有
一座小草庵。

有位尊貴的人
侍奉於飛鳥
之都的皇子
身邊。

謠傳他企圖
危害皇子。

高天原廣野姬尊※
大為震怒，
派兵征討他
於池上之堤。

那位耳面刀自
是淡海公※
的妹妹，
相當於妳祖父
南家太政大臣
的叔母。

那人臨死之際
有個深深
思慕的人，
名叫耳面刀自，
是大織冠※
的女兒。

※高天原廣野姬尊：持統天皇的別稱。

※淡海公：亦即藤原不比等（藤原鐮足次子）。

※大織冠：這裡指的是藤原鐮足。

妳之所以會來到當麻，或許是被他的力量招喚而來。

基於守護大和王國的理由，其屍骨被葬於此山上，從河內延伸過來的當麻路旁。

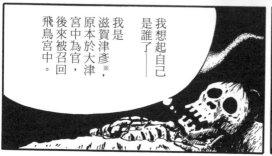

我想起自己是誰了——

我是滋賀津彥※，原本於大津宮中為官，後來被召回飛鳥宮中。

耳面刀自，我沒有子嗣。

請為我誕下子嗣，把我的名字傳給我的子嗣……

可惡，好想認識外面的世界，好想看看外面的樣子。

※ 滋賀津彥：大津皇子，天武天皇的次子。

270

小姐家住
奈良東城，
座落在右京
三条第七坊。
祖父武智麻呂
在這裡去世後，
父親搬來這裡也
過了漫長的歲月。

父親身體強壯，
人稱橫佩大將，
善使大刀。
大刀既出，
無人可與其匹敵。

世人都稱這宅子為南家。

橫佩家的小姐
也是從那個時候
開始抄寫《稱讚
淨土佛攝受經》。

同一年其秋天，
彼岸中日※
的傍晚。

當天晚上，
南家的小姐
突然消失了。

她不記得
自己去了
哪裡、
怎麼去的，
只是離開家，
一直往
西邊走。

　※彼岸中日：秋分當天。

兵部大輔大伴家持偶然間比任何人都先聽到這個傳言。

神的東西就是神的東西——橫佩家的女兒大概是被神帶走了。

我們已經沒有東西可以教她了。

就連橫佩家的老女佣們也從幾年前就開始有這種想法。

世上沒有人能給我這麼珍貴的感受與這麼豐沛的愛。

小姐專心地學習出自於曾祖母橘夫人的《法華經》與大叔母光明皇后的《樂毅論》，並抄錄父親藤原豐成朝臣所撰寫的《佛本傳來記》。

真羨慕鳥兒。我只能待在這裡遙想當日。要是能變成蝴蝶，就能自由自在地飛舞在空中，飛到那座山頂上，陪在那個人身邊。

因為妳打破的寺廟蒙塵，使清淨的結界，必須長期齋戒，沐浴以贖罪。

一人做事一人當，我會待在這座寺廟、這座二上山下誠心誠意地贖罪，直到自己滿意為止。

打盹
打盹
打盹

南無阿彌陀佛，南無阿彌陀佛，南無阿彌陀佛。

一騎著青馬的耳面刀自請妳嫁給我吧，以妳的處子之身，為我生下一個孩子。

南無阿彌陀佛……

關於府上
的姪女…

橫佩大將的
小姐怎麼了？

大家都說京中
再也沒有比
惠美※府對
造園更講究
的人家。

這個嘛──
或許已經
救不回來了。

由於每天
都會聽到
那個聲音，
所以小姐每天
都提心吊膽地
等待夜晚來臨。

深怕被深入
骨髓的戰慄
快感搞到
失去自我，
因此小姐
夜夜都抱著
祈禱的心情
靜待雞啼。

肯定是有
什麼不乾淨
的東西
附在小姐
身上，
只要靠近那個
魂魄游離出土
的地方，
不久就能恢復
原本的狀態吧。

心愛的人啊，
你很冷吧……

※惠美：惠美押勝（藤原仲麻呂），小姐的叔父。

274

每年到了
這個季節，
山林只見
一片蓊鬱，
谷地也籠罩
在深深的
綠意裡。
蓮葉綠意
盎然地垂直
往上伸展。

曬了
太陽的莖
裂成八股，
又各自裂成
好幾股。
經由日以
繼夜地編織，
一把又一把
的蓮線
日益增加，
在庵堂裡
愈堆愈高。

小姐，

秋分當天
的黃昏…

踩踏
踩踏
踩踏

大家快一起
跺腳※，
大聲一點。

誰來拉響
弓弦。

請您
顯示金身。

什麼？
寺門那邊嗎？

小姐日思
夜想的人
出現了。

踩踏
踩踏
踩踏

南無
阿彌陀佛，
南無
阿彌陀佛，
南無
阿彌陀佛。

　※以跺腳來驅除邪氣的一種儀式，稱為「反閇」。

織到寬一尺、長三丈的時候，從織布機上移開，日以繼夜地縫製。

我想讓他穿上用這個織布機織出來的衣服。

唧唧復唧唧

小姐從奈良的家差人送來織布機，使得庵堂比以前更加侷促。

美麗的彩繪在小姐眼前逐漸散發光彩，有如七彩霓虹。

小姐想起奈良家裡的琳瑯滿目的大唐顏料。

單是這樣，看起來好冷清。

小姐描繪在織給意中人的衣服上的圖案儼然成了曼陀羅的模樣，但小姐只描繪了其中一個色身的幻象，其他則是由後人再慢慢增添上去的。

看著看著，彷彿浮現出成千上萬的菩薩身影。

這說不定是那些人同時看到的幻夢。

276

——Profile——

折口信夫

Shinobu Orikuchi

1887年出生於大阪。十幾歲的時候兩度自殺未遂,從國學院大學畢業。從學生時代就經常寫詩,1917年參加正岡子規的短歌結社「紫衫」,後來退出。1924年與北原白秋等人組成反紫衫派,創辦《日光》雜誌。1925年出版處女詩集《海山之間》。師事柳田國男,奠定了民俗學的基礎,另一方面,自1922年起成為國學院大學教授,開設《萬葉集》及《源氏物語》的課程。1948年以詩集《古代感愛集》榮獲日本藝術院獎。1953年因胃癌病逝,享年66歲。代表作為《死者之書》。

Translating required literary works into about 10 pages
〔首次刊載〕Torch web 2016 年 8 月～ 2017 年 7 月

後記

本書是緊接著《文學超超圖解：10頁漫畫讀完知名文學作品》、《文學超圖解II：10頁漫畫讀完經典文學作品》推出的第三集。

除了跟以前一樣收錄了知名作家的知名作品外，這次還收錄了幾篇嚴格說來不算是文學的作品。

我認為認識這些作品將有助於理解別的作品，因此特別收錄其中。

至此，這個系列作品將暫時告一個段落了。

世界上還有許多充滿魅力的作品，透過這本書知道名字的作家若有其他作品，也請務必一讀。

非常感謝各位讀者長久以來的支持與愛護。

最後，謹向參與這本書製作的人及購買、閱讀的各位讀者、還有我生活周遭的所有人致上誠摯的謝意。

平成二十九年九月　多力亞斯工場

文學超圖解3：10頁漫畫讀完必修文學作品

必修すぎる文学作品を
だいたい10ページくらいの漫画で読む。

作者　　　　　　多力亞斯工場
譯者　　　　　　緋華璃
執行長　　　　　陳蕙慧
總編輯　　　　　郭昕詠
行銷總監　　　　李逸文
資深通路行銷　　張元慧
編輯　　　　　　陳柔君、徐昉驊
排版　　　　　　簡單瑛設
封面設計　　　　汪熙陵
　　　　　　　　郭重興
社長
發行人兼　　　　曾大福
出版總監
出版者　　　　　遠足文化事業股份有限公司
地址　　　　　　231新北市新店區民權路108-2號九樓
電話　　　　　　(02)22181417
傳真　　　　　　(02)22180727
電郵　　　　　　service@bookrep.com.tw
法律顧問　　　　華洋法律事務所　蘇文生律師
印製　　　　　　呈靖彩藝有限公司

初版一刷　二〇一八年十二月
有著作權　侵害必究
Printed in Taiwan

HISSHU SUGIRU BUNGAKUSAKUHIN WO DAITAI 10
PAGE KURAI NO MANGA DE YOMU
© Doriyasfabrik2017
Originally published in Japan in 2017 by LEED
PUBLISHING CO., LTD.
Chinese translation rights arranged with LEED PUBLISHING CO., LTD.
through TOHAN CORPORATION, and AMANN CO., LTD..